Christine Leitl

Die unfreiwillige Reise

Emilia-Romagna – Spessart – Franken

Roman

AF126080

Christine Leitl

Die unfreiwillige Reise

Emilia-Romagna – Spessart – Franken

Roman

Bibliografische Information der Deutschen Nationalbibliothek
Die Deutsche Nationalbibliothek verzeichnet diese Publikation in der
Deutschen Nationalbibliografie;
detaillierte bibliografische Daten sind im Internet über
http://dnb.d-nb.de abrufbar.

1. Auflage 2023
Herstellung: TRIGA – Der Verlag UG (haftungsbeschränkt), GF: Christina Schmitt
Leipziger Straße 2, 63571 Gelnhausen-Roth
www.triga-der-verlag.de, E-Mail: triga@triga-der-verlag.de
Coverbild: shutterstock/1934913626 – rudall30
Druck: Druckservice Spengler, 63486 Bruchköbel
Printed in Germany
ISBN 978-3-95828-341-1 (Print-Ausgabe)
ISBN 978-3-95828-342-8 (eBook-Ausgabe)

Im oberen Altmühltal – Sommer 2023

»Rothenburg ist auch eine Stadt mit Geschichte, es hat sich gelohnt, dass du uns dort hin geführt hast, Franziska.« Das Verdeck des roten Cabriolets ist geöffnet. Claudio dreht sich lächelnd ein wenig zur Seite, sieht seine attraktive Beifahrerin über den Rand seiner Sonnenbrille an, zwinkert ihr zu und konzentriert sich sofort wieder auf die Landstraße.

Seine kinnlangen, lockigen Haare flattern im Wind. Immer wieder bläst er eine vorwitzige Locke weg. »Deine Idee, dass du ein Stirnband trägst, ist gut, Franziska-Amore.« Claudio und Franziska sind seit einem Jahr ein Paar, und wenn er besonders zärtlich zu ihr sein will, nennt er sie einfach Franziska-Amore.

Auf dem Rücksitz des nagelneuen Cabriolets mit dem italienischen Kennzeichen sitzen händchenhaltend ihre Freunde Roberto und Maria. Alle vier haben sich in Pisa während des Studiums kennen gelernt. Zwar waren sie dort für unterschiedliche Studiengänge eingeschrieben, aber auf der »Piazza dei Miracoli«, dem Platz der Wunder, trafen sich bei gutem Wetter viele Studenten. Auf den großen Rasenflächen, dem Treffpunkt der jungen Menschen aus aller Welt, neben dem Schiefen Turm, dem Baptisterium und dem Dom, knüpften die deutschen Studentinnen mit den beiden italienischen Studenten, wie die meisten jungen Leute, erste Kontakte.

Maria und Franziska, die beiden Studentinnen, die für die Studiengänge Literatur und Fremdsprachen in der Uni Pisa eingeschrieben waren, stammen aus Frankfurt und sind seit vielen Jahren eng miteinander befreundet.

Nachdem sie festgestellt hatten, dass sie zeitgleich mit den beiden italienischen Studenten der Wirtschaftswissenschaften, Claudio und Roberto aus Rom, ihr Studium abschließen würden, schmiedeten sie Pläne für einen gemeinsamen Sommerurlaub und setzten sie um. Schließlich waren aus vier Studierenden zwei Paare geworden.

Alle zusammen bereisten sie Europas Hauptstädte, waren entzückt von Paris und Wien, und nun stellen Maria und Franziska den Freunden zum Abschluss der gemeinsamen Reise ihr Heimatland von Norden nach Süden vor.

»Claudio, bitte fahre langsamer, wir sind hier nicht auf der Rennstrecke von Imola, 120 Stundenkilometer auf der Landstraße ist in Deutschland ein bisschen zu viel. Die modernen Wegelagerer, die Polizisten, verstecken sich getarnt hinter den Büschen am Straßenrand und machen ein brillantes Foto von uns und deinem schicken Auto.« Franziska lacht und legt ihre linke Hand zärtlich auf seinen Arm.

»Und so ein Foto wird nicht nur bei euch in Italien, sondern auch bei uns in Deutschland ziemlich teuer«, gibt Maria vom Rücksitz aus zu bedenken. Schnell nimmt Claudio seinen Fuß vom Gaspedal. »Bene, ihr habt ja recht. Dafür gehen wir lieber ein Eis essen. Amici, entspannt euch. Ich verspreche es, wir fahren jetzt gemütlich nach Nürnberg.«

Sattgrüne Wiesen und Felder wechseln sich im oberen Altmühltal ab, zahlreiche Fischteiche spiegeln den blauen Himmel zurück, und die Wälder auf den Bergkuppen strahlen auf den Betrachter Ruhe aus.

»Claudio, kannst du bitte mal kurz anhalten? Schaut mal nach links! Seht ihr die imposante Burg dort oben? Ein Wahnsinn!« Maria hat das riesige Bauwerk auf dem Bergsporn als Erste entdeckt und deutet nach links. »Wollen wir uns diese Burg einmal näher ansehen? Vielleicht bekommen wir dort auch einen Kaffee und ein Stück Kuchen.«

»Einverstanden! Mal sehen, ob wir den Weg dort hinauf finden. Hoffentlich müssen wir nicht laufen.« Am liebsten möchte er keinen Schritt zu viel machen, sondern quasi bis vor die Tür fahren. »Ich fahre langsam weiter, und ihr schaut nach den Wegweisern.«

Der Fahrer zeigt sich begeistert von der Idee, noch einen Halt einzulegen. Ausreichend Zeit ist vorhanden, erst am Abend wollen sie in Nürnberg sein. Noch drei Tage würden sie dort bleiben, bevor sie weiter nach München reisen. Im Örtchen Colmberg steht ein Schild mit dem Hinweis zur Burg, eine schmale Straße schlängelt sich nach oben. Plötzlich entdecken sie auf einem großen Hügel unterhalb der Burg eine Herde Damwild, die sich von Spaziergängern mit Brot und Obst bis an den Zaun locken lässt. Claudio hält am Straßenrand an, um zusammen mit seinen Freunden vom Auto heraus die Tiere zu bewundern. Aber die Damen steigen aus.

Leichtfüßig und zielstrebig rennt das Damwild den Hügel hinab. Die Tiere sind kein bisschen menschenscheu und genießen laut knuspernd die Leckereien.

Der Chef der Herde, ein imposanter Hirsch, drängt sich vor. Was hat der denn an seinem Geweih hängen? Auf den ersten Blick sieht es aus wie eine Lichterkette mit weihnachtlichen Pisello-Lämpchen. Offenbar hat er versucht, den Zaun zu durchbrechen. Die Überreste hängen nun an seinem Geweih bis er es abwirft. Alle Beobachter lachen, denn das mit Draht dekorierte Geweih sieht lustig aus. Unbeeindruckt vom Gelächter lässt sich der Hirsch das getrocknete Brot und die Äpfel schmecken.

Claudio möchte endlich weiterfahren und drängt seine Mitreisenden, einzusteigen. In Gedanken sieht er schon einen doppelten Espresso und ein Stück Kuchen vor sich stehen. Er startet den Wagen, nur noch ein kleines Stück bergauf geht die Reise, schon stehen sie auf dem Parkplatz, unmittelbar vor dem unteren Eingangstor der Burg.

Schnell stellen die jungen Besucher fest, dass das Restaurant geöffnet ist und Gäste willkommen sind.

»Die großen Steine auf dem Weg sehen fast aus wie die von unserer Via Appia Antica in Rom von 312 v. Chr.« Roberto, der etwas träge junge Mann, hat vor seinem Wirtschaftsstudium zunächst drei Semester Kunstgeschichte studiert und belehrt seine Mitmenschen gerne mit Wissen aus dem Studium. Die Freunde kennen das schon und ertragen es immer wieder.

»Aber da sind noch etwa 1500 Jahre dazwischen, mein Lieber. So alt ist diese Burg noch nicht.«

Auch Claudio, groß und schlank, hat ein Auge dafür, wie alt die Gebäude sein können. Schließlich verfügt seine Heimatstadt Rom über genügend Anschauungsmaterial. Wenn man nur an das Forum Romanum oder auch an das mächtige Kolosseum denkt …

Begeistert nähern sie sich dem großen Torbogen mit dem geöffneten Fallgitter. Arm in Arm laufen die jungen Leute in das Innere der Burg, denn die beiden Mädels, ein wenig unsicher auf den Beinen, tragen elegante italienische Riemchenschuhe, die für diese Straße nicht geeignet sind.

Unterschiedlicher könnten die beiden Frauen nicht sein, denn Maria ist klein, passt von der Statur ganz hervorragend zu Roberto, der manchmal schon wie ein gemütlicher italienischer Familienvater wirkt. Seine hellblonde, hübsche Maria ist eine quirlige junge Frankfurterin, die nicht locker lässt, und Roberto mit ihrem Temperament mitreißt.

Ihre Freundin Franziska mit ihren dunklen Locken ist größer als sie, hat eine gertenschlanke Figur und ist ebenfalls eine temperamentvolle, humorvolle Frau. Claudio und sie sind ein äußerst attraktives Paar.

Immer wieder bleiben sie mit dem Ruf »Che bello – wie schön!« begeistert stehen. Ein herrlicher Fernblick belohnt sie hoch oben an der Burgmauer für die Mühe, die sie sich mit dem spontanen Abstecher auf die Burg gemacht haben.

Autofahrer, Motorradfreaks, Radfahrer und Wanderer haben sich an diesem Sonntag die Burg als Tagesziel ausgewählt.

Franziska, die immer etwas zu quasseln hat, schweigt. Ein merkwürdiges Gefühl überkommt sie plötzlich. Eine Gänsehaut überzieht ihren Körper, obwohl es so heiß ist.

»Vielleicht habe ich zu wenig Flüssigkeit getrunken, ein Kaffee und ein Glas Wasser werden mich wieder fit machen«, sagt sie leise.

Maria schlägt vor, ins Innere der Burg zu gehen und sich im Schatten aufzuhalten. Dass ihre Freundin sich plötzlich nicht wohl fühlt, hat sie bemerkt. Man muss den männlichen Begleitern ja nicht alles auf die Nase binden. »Schaut euch hier draußen ein bisschen um, wir kommen gleich wieder«, ruft sie den italienischen Freunden zu. Schnell hakt sie sich bei Franziska ein und flüstert ihr zu: »Was ist los? Dir geht es nicht gut, das sehe ich. Komm, wir gehen rein und setzen uns hin.«

Während die beiden Männer noch begeistert im Burghof stehen, um den imposanten Bergfried zu bewundern, fallen den Frauen die wunderschönen Fenster im oberen Stockwerk auf.

Die Freundinnen wenden sich ab und betreten das Innere der Burg. Sie haben Lust auf Kaffee und Kuchen. Gleich wird es Franziska wieder besser gehen, so hoffen sie.

Links, unmittelbar neben dem Eingang, werden sie von einer echten Ritterrüstung empfangen. »Schau mal, da steht sogar schon die erste Rüstung, vielleicht steckt noch ein attraktiver Ritter drin?«, witzelt Maria und lacht laut.

Im selben Moment spürt sie, wie die Freundin schwer an ihrem Arm hängt. Plötzlich geben die Beine nach, Franziska sackt in sich zusammen und droht zu stürzen. Mit Mühe gelingt es Maria noch, sie aufzufangen, damit sie sich nicht verletzt.

Schnell eilen andere Gäste, die sich im Eingangsbereich aufgehalten haben herbei, um ihr zu helfen. Franziska verdreht die Augen, sie atmet tief, wie im Schlaf, und stöhnt, als würde sie unendliche Qualen erleiden.

Hilflos bettet Maria ihre Freundin neben sich auf dem Boden und legt ihr die Jacke unter den Kopf. Schnell wird von der Rezeption angefragt, ob sich unter den anwesenden Gästen ein Arzt befindet, und sicherheitshalber ein Krankenwagen angefordert. Maria weicht nicht von der Seite ihrer Freundin, mit Handzeichen bittet sie die beiden Begleiter, denen die plötzliche Menschenansammlung im Eingang zur Burg aufgefallen ist, draußen zu warten.

Ratlos setzen sie sich in dem Burghof auf eine Bank.

Bei dem freundlichen Kellner bestellen sie auf den Schreck hin zwei Tassen doppelten Espresso, einen Grappa und eine Portion Eis. Besorgt warten sie auf neue Anweisungen von Maria. Zum Glück ist ein Mediziner vor Ort unter den Gästen.

Er stellt fest, dass die junge Frau bewusstlos ist und meint: »Sie atmet ganz tief, der Puls ist leicht erhöht, die Hauptfarbe blass. Offenbar hat sie einen Schock erlitten. Wir bringen sie in eines der Zimmer, sobald sie wieder zu sich kommt.«

Franziskas Beine werden nach oben auf einem Stuhl abgelegt. Mehr kann auch der Arzt im Moment nicht für sie tun.

Das Rettungsfahrzeug fährt ohne die Patientin wieder zu seinem Einsatzort zurück, denn die Sanitäter kennen den anwesenden Arzt und vertrauen seiner Diagnose.

Auf dem Bauernhof in der Emilia Romagna – 1219

»Francesca, schnell, schnell! Mama ist im Stall ausgerutscht und gestürzt. Sie glaubt, dass das Kind kommt!« Der 16-jährige Alessandro stürmt atemlos in die Küche, um seine Schwester zu holen.

Die große Schwester, gerade 18 Jahre alt geworden, muss genau wie die anderen Familienmitglieder in der Landwirtschaft schwer arbeiten, damit alle satt werden. Auf der offenen Feuerstelle in der rußgeschwärzten engen Küche brodeln in zwei Töpfen dicke Bohnen und Polenta. Das füllt den Magen und macht satt. Brot, das Hauptnahrungsmittel aus Mehl, Wasser und einfachen Gewürzen, liegt auf dem Tisch. Die großen Töpfe schiebt das Mädchen von der Feuerstelle weg auf die Seite. Schnell läuft sie in den Stall, wo sich die Mutter zwischen den zwei unruhig meckernden Ziegen und den drei mageren Schweinen auf dem Boden krümmt und wimmert.

Der sofort herbeigerufene Vater lässt alle Geräte fallen und eilt vom Feld, das neben dem Haus liegt, zur Hilfe. Alleine gelang es den Geschwistern nicht, die hoch schwangere Mutter ins Haus zu tragen. Mehr kann und will er nicht tun, denn Männer dürfen unter Androhung einer schweren Strafe bei einer Geburt nicht anwesend sein.

In der einfachen Kammer betten sie die Mutter vorsichtig auf ihrem Strohsack, Francesca läuft in die Küche und bringt ihr in einer kleinen Schale ein wenig Wasser, aber die Mutter lehnt ab, sie will nichts trinken.

Tränen laufen über ihr Gesicht, als sie suchend nach der Hand der Tochter greift. Ihre letzten Worte, die sie unter unsagbaren Schmerzen herausbringt, flüstert sie nur noch kaum hörbar:»Gott behüte dich, mein Kind.«

Eine alte Nachbarin, die selbst schon fünf Kinder zur Welt gebracht hat und bei der Geburt helfen könnte, wird schnell von dem verzweifelten Alessandro gerufen. Als sie endlich eintrifft, findet sie die Schwangere ruhig und sehr blass vor. Neben dem Strohsack sinkt sie langsam auf die Knie, hält ihr Ohr an Nase und Mund der Schwangeren und verhält einen Moment. Mit ihren Fingern, die durch harte Arbeit sehr rau und rissig sind, zeichnet sie ein Kreuz auf die Stirn der Frau, die auf dem Strohsack liegt.

Langsam, wie in Zeitlupe, dreht sie sich zu Francesca um und nickt traurig.»Sie hat uns verlassen, zusammen mit dem Kind.« Umständlich rückt sie ihre Haube zurecht und ergreift ihr dickes Wolltuch vom Stuhl, das sie sich in der Eile umgehängt hatte.

In der Küche sitzen Alessandro und sein Vater mit gesenkten Köpfen am Tisch. Als sich die Tür endlich öffnet, blicken sie beide voll Hoffnung auf die Nachbarin, die aber wendet sich mit Tränen in den Augen ab und zieht die weinende Francesca hinter sich her.

Der Vater springt so plötzlich von seinem Platz auf, dass sein Schemel umfällt. Flehend steckt er die Hände nach oben und jammert laut:»Herr, warum tust du uns das an? Was haben wir getan, dass du uns so sehr bestrafst?«

Die Nachbarin versucht, die Familie in ihrer tiefen Trauer zu trösten, sie ist die Einzige, die in dieser schmerzlichen Situation weiter denkt. Neben Alessandro nimmt sie kurz Platz und verspricht mit gedämpfter Stimme, den Pfarrer zu benachrichtigen, und dass sie sich auch um eine kirchliche Beisetzung der Verstorbenen kümmert. Francesca gibt ihr eine Hand voll getrockneter Erbsen als Dank für die wohltuende Hilfsbereitschaft, mehr hat sie nicht. Die Nachbarin lässt die Gabe schnell in ihrer Rocktasche verschwinden.

Als sie geht, schlurft der Vater in das Zimmer seiner toten Frau, um sich von ihr zu verabschieden. Vor dem Strohlager fällt er auf die Knie und ergreift ihre kalte Hand. Sein lautes Wimmern und Schluchzen dringt aus der Schlafkammer in die Küche.

Er hat nicht nur seine Frau verloren, sondern auch mit ihr das ungeborene Kind.

Fassungslos umarmen sich die beiden Geschwister, streicheln sich über die Haare, um sich gegenseitig Trost zu geben. Vorsichtig löst sich Alessandro nach einer gefühlten Ewigkeit aus den Armen seiner Schwester mit den Worten: »Ich muss das Pferd und die Schafe noch von der Weide in den Stall bringen. Es wird langsam dunkel.«

Draußen trifft der Junge einen Nachbarn, der vom Tod der Mutter gehört hat, und der Familie sein Beileid ausspricht. Nun kommt eine weitere schlechte Nachricht auf ihn zu, die er kaum verkraften kann, und die seine Angst schürt. Der Mann berichtet ihm entsetzt von angeblichen Unruhen durch herannahende Ritter.

Schnell bringt Alessandro die wenigen Tiere in Sicherheit, stürmt ins Haus und beginnt zusammen mit seiner Schwester, die Türen des Stalls und des kleinen Hauses zu verrammeln. Nicht nur vor Hexen und Teufeln muss man sich, wenn es dunkel wird, in acht nehmen und verbarrikadieren. Zu allem Übel kommen immer wieder plündernde Horden in ihr Tal, in dem es kaum etwas zu holen gibt, rauben die Bauern aus und zünden Häuser an.

Am nächsten Morgen wird die Tote abgeholt und beigesetzt. Viele Nachbarn trauern mit der Familie, die ihre Mutter verloren hat. Der Pfarrer schlägt eine Seelenmesse vor, vielleicht auch mehrere, und hält sogleich die Hand dafür auf. Der Bauer lässt nur eine Messe lesen, mehr kann er sich nicht leisten.

Von anderen Bauern weiß er, dass die Kirche es sehr gern sieht, wenn viele Messen zum Tode eines Angehörigen gelesen werden. Das spült Geld in die Kassen des Klerus. Dem armen Bauern bleibt nur die Hoffnung, dass Gott seine gläubige Frau auch ohne viele Messen und große Zahlungen zu sich ins Paradies holt.

Vorgekommen sei es schon, dass Menschen im Angesicht ihres nahen Todes ihr gesamtes Erspartes der Kirche gegeben haben, damit viele Messen für ihr Seelenheil gelesen werden. Dass die Hinterbliebenen danach häufig nichts mehr zum Leben hatten, war tragisch, aber das interessierte die Kirche nicht mehr.

Nach der Zeremonie der Beisetzung muss das Leben in der Bauernfamilie weitergehen. Die Ziegen müssen regelmäßig gemolken und alle anderen Tiere gefüttert werden.

Selbstbestimmt leben die Menschen auf den armseligen Höfen jedoch nicht. Für ihre Sicherheit in der Region um den Ort Reggio Emilia sorgen die Fürsten. Sie vergeben Lehen, aber dafür beanspruchen sie einen Teil der Ernte. Selbst die Missernten durch Heuschrecken und Hagel nach schweren Gewittern gelten nicht als Ausreden bei der Höhe der Abgaben.

In den letzten drei Jahren gab es wegen der starken Regenfälle im Sommer nur geringe Erträge auf den Feldern. Das kleine Flüsschen Sécchio trat häufig über die Ufer, und es überschwemmte die umliegenden Felder.

Nun aber leidet die Region unter anhaltender Trockenheit. Ungeziefer macht sich über das wenige Getreide her, das man für das tägliche Brot und zur Fütterung vom Vieh dringend benötigt. Scharen von Ratten nisten sich überall ein.

Der Familienvater wirkt trotz der Trauer körperlich und mental wie ein gefestigter Mann. Jetzt, nach dem dramatischen Tod seiner Frau, muss er die Aufgaben innerhalb der Familie neu verteilen. Zusammen mit seinen beiden halbwüchsigen Kindern Francesca und Alessandro legt er fest, wer die Arbeiten der Mutter in Zukunft übernehmen soll.

Die Tochter wird ab sofort die Herrin in der Küche sein, dem Buben fallen zusätzlich zur Feldarbeit das Melken der Ziegen und die jährliche Schafschur zu.

Die makellose Wolle wird den vorbeiziehenden Händlern zum Tausch gegen Ackergeräte und Werkzeug angeboten. Minderwertige Wolle verbleibt bei Francesca im Bauernhaus.

Gewalkt und gefärbt verarbeitet sie die Tierhaare zu warmen Jacken und Westen. Von ihrer verstorbenen Mutter hat sie auch gelernt, wie die Wolle zu Fäden gesponnen und anschließend weiterverarbeitet wird.

Bis zum Winter, so plant der Bauer, soll wenigstens eines der Schweine fett genug werden, um schlachtreif zu sein. Das größte Schwein hat er schon von den anderen abgetrennt. Es bekommt ab sofort jeden Tag eine zusätzliche Ration Futter in den Trog. Genügend gepökeltes Fleisch könnte die Familie bis zum Frühjahr ernähren.

Erbsen, Linsen, Bohnen und Karotten wachsen auf dem Feld vor dem Haus, die letzte Ernte wurde eingelagert, und man isst das ganze Jahr davon. Auch alle Kräuter für die Küche hat Francesca getrocknet und an den dicken Holzbalken in der Nähe der Feuerstelle aufgehängt.

Äpfel, Birnen, Feigen und Nüsse wachsen auf den Bäumen und bieten mit ihrem süßen Geschmack eine willkommene Abwechslung auf der recht eintönigen Speisekarte der Bauern.

Die Natur liefert den Menschen auf dem Land noch weitere, gesunde Nahrungsmittel. An den alten Olivenbäumen hängen die Oliven, die zu Öl gepresst werden, Kastanienbäume werfen ihre Früchte ab.

Nach den Regenperioden hat Francesca viele essbare Pilze im Wald gesammelt, die getrocknet aufbewahrt werden, und die gut gepflegten Weinstöcke gaben im Herbst viele Trauben ab, aus denen der Wein hergestellt wird.

All diese lebenswichtigen Dinge bespricht der Vater mit seinen fast erwachsenen Kindern. Bis zum Tod der Mutter plante er mit ihr alleine die Vorratshaltung und die Verwertung der Ernten.

Alessandro räuspert sich verlegen und erzählt dem Vater noch einmal leise von den Gerüchten, die die Nachbarn über umherziehende Scharen von Reitern verbreiten, die nach Norden ziehen. Beide machen sich große Sorgen.

Sogar König Friedrich II., der ganz tief aus dem Süden des Landes kommt, und wegen seiner Regierungsgeschäfte über die Alpen ziehen wollte, sei vermutlich mit seinem Tross unterwegs. Beunruhigt hört der Vater zu. Was wird geschehen, wenn wilde Horden seine Vorräte plündern, das Haus anzünden und sie alle töten würden?

In der darauffolgenden Nacht liegt er lange wach, dreht sich auf seinem Strohlager von einer Seite auf die andere und malt sich verschiedene Szenarien aus. Gebildet ist er nicht, er hatte niemals die Gelegenheit, das Lesen und Schreiben zu erlernen, aber er ist schlau.

Viele der frischen Vorräte an Obst und Gemüse vom Herbst versteckt er noch in derselben Nacht im Stall unter alten Tüchern hinter dem aufgehäuften Stroh. Diese Lebensmittel würden sie ihnen nicht rauben. Dass sich in der Nacht eine der Ziegen oder ein Schaf über die Vorräte hermacht, befürchtet er nicht, denn auch den Pferch innerhalb des Stalls hat er gut gesichert.

Zufrieden schleicht er in sein kleines Haus zurück. Danach kann er ein wenig beruhigter mit den in der Gegend verbreiteten Gerüchten umgehen.

Ohne jede Chance zu bleiben

Reisig und Äste schleppen Vater und Sohn schon früh am nächsten Morgen aus dem nahen Wald heran. Rund um die Weide der Tiere türmen sie alles auf, als doppelten Zaun, um sie besser zu schützen.

Schon zwei Tage später galoppiert die befürchtete Gruppe mit etwa 50 Rittern, unterstützt von bewaffneten Fußtruppen, auf den kleinen Bauernhof zu. Unter den Kettenhemden tragen die Ritter wattierte Schutzwesten, und an den breiten Gürteln hängt ein Schwert. Ihre Helme haben zum Teil einen Nasenschutz aus Stahl, andere tragen Kettenkapuzen. Diese Männer sehen zum Fürchten aus.

Schnell läuft der Vater ins Haus, wo seine Kinder gerade zu Mittag essen.»Die Ritter! Sie stürmen über die Felder auf unser Haus zu. Sie vernichten alles. Ich bitte euch, schweigt, sagt keinen Ton! Ich habe mir die ganze Nacht überlegt, wie ich mit ihnen umgehen will. Ich rede einfach mit ihnen. Bleibt aber in meiner Nähe und hört gut zu. Das kann euer und mein Leben retten.«

Der Anführer der Truppe löst seine linke Hand vom Schwert. Mit seiner erhobenen Hand gibt er das Zeichen, anzuhalten. Alle anderen Ritter parieren ihre Pferde durch und kommen in einer Staubwolke zum Stehen. Laut und respektlos ruft er dem ängstlichen Bauern zu:»Im Namen unseres Königs Friedrich II. fordere ich dich auf, deine Lebensmittel sofort herauszugeben. Beeil dich, Alter!«

Der Bauer, der noch gar nicht so alt ist, nickt ehrfürchtig und läuft plötzlich gebeugt, mit zitternden Beinen, ins Haus.»Macht ein paar Körbe mit Lebensmitteln zurecht, damit diese Kerle schnell wieder weiterziehen«, treibt er seine Kinder an. Er deutet in eine Ecke, in der die ziemlich verhutzelten Äpfel, Karotten und ein paar alte Würste liegen.

Zum Glück hat der Anführer, der ihm gefolgt ist, die letzten Worte nicht gehört. Bei jedem Schritt knirschen die Ringe seines Kettenpanzers. Kalte Augen blitzen in einem zerfurchten Gesicht mit einem dunklen Bart und langen struppigen Haaren. Der finstere Anblick ängstigt die Bauernfamilie, der Ritter genießt es sichtlich und treibt sie wild gestikulierend zur Eile an.

Breitbeinig und drohend steht er vor dem entsetzten Bauern und stellt weitere Forderungen. »Was ist mit den beiden? Das junge Weib kommt mit uns, warum ist es noch nicht verheiratet? Den Jungen können wir für die Pflege der Pferde gebrauchen.«

Der Bauer traut seinen Ohren nicht. Einen solch rüden Befehlston hat er noch nie gehört. Doch er versucht mit allen Mitteln, seine Kinder zu behalten.

»Bitte, Herr, seid gnädig, lasst mir meine Kinder! Meine Frau ist erst vor wenigen Tagen verstorben! Sie sind das Einzige, was ich noch habe!«

Plötzlich wirft sich der Bauer unterwürfig vor dem Ritter auf die Knie und jammert: »Meine Tochter ist hübsch, das gebe ich zu, aber bedenkt, dass sie nicht ganz richtig im Kopf ist. Sie schreit manchmal grundlos herum, ist wehleidig, oft krank und zu nichts zu gebrauchen.« Tief holt er Luft und stößt hervor: »Und mein armer Junge ist taubstumm!«

»Aber sie ist ein schönes Weib mit ihren dunklen langen Haaren«, gibt der Ritter zu, »für irgendwas können wir sie bestimmt gebrauchen. Und bedenke, Alter, – du hast gleich zwei Mäuler weniger zu stopfen.«

An das Mädchen gewandt sagt er im Befehlston: »Nimm dein Tuch ab und heb den Rock ein Stück, damit ich dich anschauen kann!« Francesca verzieht das Gesicht zu einer Grimasse und knickst vor dem Ritter. Dabei senkt sie die Augenlider mit den dichten Wimpern, nimmt zögernd das graue Tuch vom Kopf und hebt den Rock bis an die Knie.

Lange dunkle Locken fallen ihr über die Schultern, der Ritter mustert sie genau.

»Gut, Mädchen, setz' es wieder auf, bedecke deine Beine. Ich weiß schon, wo ich dich unterbringe. Der König liebt schöne Frauen an seiner Seite. Von den blonden Frauen im Norden hat er vielleicht schon die Nase voll. Du wirst ihm zukünftig sein Essen bringen und alles geben, was er sonst noch braucht.«

Hämisch lacht er über seine anzügliche Bemerkung. Somit ist es von seiner Seite aus beschlossene Sache, dass die Geschwister den Hof zusammen mit dem Tross verlassen müssen. Eine Weigerung würde ihren Tod bedeuten.

Im Türrahmen steht plötzlich ein zweiter Ritter in vollem Kettenpanzer und deutet nach draußen. »Mario, dort auf der Weide steht ein Pferd, das nehmen wir auch mit, ist das klar?« Er schaut grimmig zu dem fassungslosen Bauern. Alessandro steht mit einer Hand auf den Tisch gestützt, unbeteiligt mit gesenktem Kopf, gerade so, als würde ihn alles, was um ihn herum gesprochen wird, nicht erreichen. Perfekt spielt der Junge die Rolle als Taubstummer, die ihm der Vater in seiner Verzweiflung zugedacht hat.

»Bitte, Herr, lasst mir das Pferd! Wie soll ich meine Felder bestellen, mein Zehntel an den Lehnsherren zahlen? Außerdem ist das Tier schon alt und nicht mehr gesund. Wenn man es überfordert, beginnt es zu lahmen«, jammert er und kratzt sich am Kopf. Mit allen Mitteln versucht er, das bisschen, was ihm noch gehört, zu verteidigen.

Aber die Ritter kennen keine Gnade. »Sei still mit dem Gejammer wie ein altes Weib! Wir nehmen das Pferd mit. Wenn es unterwegs lahmt, wird es geschlachtet und verspeist. Damit haben wir kein Problem. Hol das Zaumzeug und bring den Gaul von der Weide. Ich werde ihm ins Maul schauen, um zu sehen, ob er wirklich so alt ist, wie du es sagst. Wehe dir, wenn du gelogen hast!« Seine Augen werden zu Schlitzen, er sieht bedrohlich aus.

Und an Francesca und Alessandro gewandt befiehlt er: »Zieht euch warm an, packt euer Bündel, wir reiten gleich weiter. Heute dürft ihr auf dem Packwagen mitfahren, morgen müsst ihr laufen oder auf eurem alten Gaul zusammen reiten.« Francesca zieht den Bruder hinter sich her. Alles, was sie an warmer Kleidung besitzen, stecken sie in einen Sack. Es ist nur sehr wenig. Sie nimmt den Bruder in den Arm und flüstert ihm zu: »Das machst du gut, wir zwei gehen mit, aber ich schwöre dir, sobald sich irgendwann die Gelegenheit bietet, flüchten wir.« Alessandro nickt.

»Wohin bringt ihr meine Kinder? Wann kommen sie wieder?« In der Küche klagt der Bauer immer noch, er hofft auf eine gute Wendung und kann nicht glauben, dass seine schlimmsten Befürchtungen wahr werden.

»Dass du die beiden jemals wieder siehst, dass kannst du vergessen, du Narr. Stolz kannst du auf sie sein, denn sie gehören ab heute zum königlichen Tross, der nach Norden über die Alpen ziehen wird«, spottet der Anführer und lacht erneut sein hämisches Lachen.

»Sobald der Junge und das Mädchen fertig gepackt haben, ziehen wir weiter. Sie sollen sich gefälligst beeilen! In sechs Tagen treffen wir in Verona auf die Ritter des Königs. Aber sag uns noch, wo wir hier unsere Tiere tränken können«, will der Anführer wissen. Der Bauer deutet nach Norden. »Das nächste Flüsschen ist die »Sécchia«, Richtung Verona. Meine Kinder zeigen es euch. Es ist nicht weit von hier und führt seit dem letzten Regenschauer noch ausreichend Wasser.«

Der Bauer läuft voraus und zieht geschickt die Äste zur Seite, mit denen er die Weide begrenzt hat. Neugierig steht das Pferd neben ihm und begrüßt seine Artgenossen mit einem freundlichen Wiehern.

»Das wird dir noch vergehen, alte Mähre«, kommentiert der Anführer sarkastisch, während er dem Tier das Zaumzeug anlegt. Dabei fasst er dem Pferd seitlich ins Maul, bis es den

Kiefer weit öffnet. Nun hat er sich selbst davon überzeugt. Die fachmännische Inspektion der Zähne bestätigt, dass es sich wirklich um ein älteres Tier handelt.

In der Zwischenzeit ist auch der letzte Verpflegungswagen mit den Ochsen davor angerollt. Vorne auf dem Bock bei dem finster dreinschauenden Führer des Gespanns sitzt eine rundliche Frau, gegen die Kälte dick eingehüllt in warme Tücher.

Mürrisch weist sie die Geschwister an, sich hinten auf den Wagen zu setzen, der mit allerlei Kisten und Tüchern bepackt ist. Ohne lange zu zögern springen die Geschwister auf und verschwinden zitternd unter den Planen. Angst vor den brutalen Rittern wollen sie nicht zeigen.

Der Führer des Gespanns stopft die Vorräte, die ihrem Vater weggenommen wurden, neben sie auf den Packwagen. In Windeseile bindet einer der Ritter das alte Pferd des Bauern hinten am Wagen fest, dann setzt sich der Ochsenkarren rumpelnd in Bewegung. Unter der Plane hält Francesca ihren leise weinenden Bruder im Arm.

Andere Bewohner des kleinen Dorfes haben sich in ihren kargen Hütten regelrecht verschanzt, um den Rittern keinen Grund zu geben, auch sie um ihr bisschen Hab und Gut zu berauben.

Ratlos und ganz alleine bleibt der Bauer mit hängenden Schultern zurück, er hat keine Tränen mehr, denn er hat alles, wirklich alles verloren, was ihm jemals etwas bedeutete.

Reise über den Brenner

Die Ritter preschen wie entfesselt an dem Gefährt vorbei und hüllen die Landschaft wieder in eine Staubwolke. In der Ferne säumen kleine Büsche das Ufer des Flusses. Dort sollen alle Tiere getränkt und die Wasservorräte aufgefüllt werden. Danach führt die Reise, so schnell es möglich ist, weiter in Richtung Verona. Bis das Fuhrwerk mit den Ochsen endlich das Ufer erreicht, sind bereits alle Pferde der Ritter getränkt. Francesca flüstert ihrem Bruder ins Ohr, dass er auf keinen Fall vergessen soll, dass er angeblich taub ist. »Nicht reagieren, wenn dich jemand anspricht, denk daran!«

Langsam kriecht Alessandro unter der Plane heraus und bindet das alte Pferd los, um es zum Tränken ans Ufer zu bringen. Liebevoll tätschelt er den Hals des Tieres und streichelt ihm über den Rücken. Francesca krabbelt schnell hinter ihm her und will zum Ufer laufen, da wird sie von der Frau auf dem Bock herangewinkt.

»Am Abend werden wir das Tagesziel erreichen, die Zelte sind bestimmt schon aufgebaut. Wir beide müssen für die Männer ein Essen kochen und sie bedienen. Sieh zu, dass deine Haare ordentlich bedeckt sind, wir wollen diese Kerle nicht auf dumme Gedanken bringen. Bleib immer in meiner Nähe. Und – Francesca, ich bin froh, dass du da bist. Als Frau in diesem verrohten Männerhaufen ist es nicht einfach.«

Francesca nickt, verstehen kann sie diese Andeutung noch nicht. Seit ihrer Geburt lebt sie immer behütet in dem kleinen, einfachen Bauernhaus, aber sie muss seit ihrer frühen Jugend, wie alle Familienmitglieder, hart arbeiten.

Die Männer, mit denen sie bisher zu tun hatte, sind ihr Vater, der jüngere Bruder Alessandro, den sie abgöttisch liebt, die Nachbarn und der Herr Pfarrer. Alle waren stets freundlich zu ihr. Niemand kam ihr zu nah.

»Wo werden mein Bruder und ich in der Nacht schlafen?«

»Bei mir und dem Ochsenführer«, lautet ihre karge Antwort.

Als sie in das traurige Gesicht des Mädchens sieht, bedauert sie, dass sie sich so ruppig verhalten hat. Schließlich sind die Geschwister gerade erst gewaltsam von ihrem Vater getrennt worden, weil man für die Verpflegung von einem fünfzig Mann starken Tross auch genügend Arbeitskräfte benötigt. Das ist ihr nicht entgangen. Und sie hat erfahren, dass die beiden wenige Tage zuvor ihre Mutter verloren haben.

»Die Frau, die mir zur Hand gehen sollte«, erklärt Agatha die Situation, »stammte aus Palermo. Eines Nachts ist sie heimlich aus dem Zelt ausgerissen und verschwunden. Wohin und mit wem – das weiß keiner von uns. Einer unserer Knappen musste leider, durch den Tritt eines jungen Pferdes schwer verletzt, unterwegs in einem kleinen Dorf zurückgelassen werden. Jemand muss ja letztendlich die Arbeit von den beiden übernehmen. Deshalb hat euch Ritter Mario mitgenommen.«

»Mitgenommen! Aber wir sind doch nicht freiwillig hier«, stammelt Francesca und kämpft mit den Tränen. »Ich weiß es, ich habe das Drama erlebt, ich war dabei. Ihr beide seid nicht die Einzigen, die auf diese Weise mit nach Norden reisen müssen«, lautet Agathas traurige Antwort.

Die Rast der Ritter an dem Flüsschen dauert nicht lange. Sie sitzen alle auf, ihre Kettenpanzer geben ein kratzendes, und die Schwerter ein metallisches Geräusch von sich.

Laut und ungeduldig treiben sie die fünf Gespanne zur Weiterfahrt und Eile an.

»Der König Frederico II. erwartet uns auf dem Lechfeld vor der Reichstadt Augusta, bevor wir alle zusammen nach Norenberc weiterziehen! Beeilt euch!«

»Aha, also ist der König Friedrich II. nicht unter den Rittern«, denkt Francesca ein wenig enttäuscht. Sehr gespannt ist sie auf den Mann, der angeblich viele Sprachen, sogar arabisch spricht. Auch in ihrem kleinen Dörfchen erzählen sich die einfachen Bauern hinter vorgehaltener Hand interessante Dinge über den König und seinen Widerstand gegen die kirchliche Obrigkeit.

Dass er bereits im Alter von vier Jahren Vollwaise geworden war und als Kind von seinem Großvater Friedrich I., Kaiser Barbarossa, zum König ernannt wurde, weiß sogar die weniger gebildete Bevölkerungsschicht. Fremde Menschen, kirchliche und weltliche, haben ihn im Palast von Palermo erzogen.

Nachrichten, egal welcher Art, werden auch von Mund zu Mund schnell weiter verbreitet. Pilger und Händler, die auf dem Weg in die Heilige Stadt vorbeiziehen oder sich wieder auf dem Rückweg in den Norden befinden, wissen immer viel Interessantes zu berichten.

Francesca läuft unter den neugierigen Blicken der fünf Gespannführer mit den Schläuchen aus Tierblasen zum Fluss. Ihr Bruder bindet das alte Pferd mit dem Namen »Marrone«, das »der Braune« bedeutet, wieder an dem Verpflegungswagen fest und watet einfach hinter seiner Schwester her ans Ufer, um zu helfen.

Seine angebliche Taubheit hat sich schnell in der Truppe herumgesprochen und irritiert die Menschen. Wie sie mit ihm kommunizieren sollen, wissen sie noch nicht.

Deshalb erhält er von ihnen noch keine besonderen Befehle, obwohl ein weiterer Knappe immer zu gebrauchen wäre. Alessandro, der groß und stark ist, läuft absichtlich gebückt, wie ein alter trotteliger Mann. Auf diese Weise schützt er sich davor, angesprochen zu werden und sich zu verraten.

Nachdem sie alle Behältnisse gefüllt haben, stehen die Geschwister unschlüssig vor dem Packwagen. »Wir haben alles erledigt, Signora«, ruft Francesca der Frau auf dem Kutschbock zu. »Dio mio, ich bin Agatha für euch, nicht die Signora! Und der grantige Kerl neben mir, das ist Tonio, mein Mann!«

Lachend deutet die Frau auf den bis dahin mürrisch dreinschauenden Führer des Ochsenkarrens. Der dreht sich langsam, wie in Zeitlupe um, zeigt ihnen freundlich lächelnd eine Reihe schneeweißer Zähne und ruft plötzlich wie ausgewechselt und gut gelaunt:»Steigt auf, Kinder, wir fahren weiter!«

Alessandro tätschelt noch immer sein altes Pferd und reagiert nicht. Er spielt perfekt die Rolle des Taubstummen. Seine Schwester nickt und blinzelt ihn zufrieden an. Mit Schwung zieht sie ihn hinter sich her auf den Wagen.

Das Eis in dieser ungewöhnlich zusammengestellten kleinen Reisegruppe scheint gebrochen. Unter der Plane lächeln sich die Geschwister zaghaft an, sie fühlen sich unter den fremden Menschen nicht mehr so allein.

Die strapaziöse Reise über die Berge des Appennino hat die Gruppe endlich hinter sich gelassen. Vor ihnen erstreckt sich nur weites, flaches Land. Besonders bequem ist diese Art, auf einem Ochsenkarren zu reisen nicht, aber die Geschwister nehmen es hin, denn niemals hatten sie ihr Zuhause verlassen, sind nirgendwo hingereist. Immer lebten sie in der kleinen Siedlung in der Emilia Romagna. Eine Vergleichsmöglichkeit haben sie deshalb nicht.

Viele Stunden rumpelt der Karren über holprige Wege, bis der durchdringende Ruf des Anführers ertönt. Francesca hebt die Plane ein wenig an und sieht staunend viele aufgebaute Zelte rund um prasselnde Feuerstellen.

Wie sie von Agatha erfährt, hatte sich ein kleinerer Teil der Ritter mit einem Tag Vorsprung bereits vom Tross getrennt, um mit dem größten Verpflegungswagen, der von Pferden gezogen wird, Vorbereitungen für die Ankunft der restlichen Gruppe zu treffen. Alle Arbeiten scheinen gut organisiert Hand in Hand zu laufen. Nichts wird dem Zufall überlassen.

Das Ochsengespann von Tonio mit den Lebensmitteln wird nah an die größte Feuerstelle herangefahren. Die Tiere zögern, weigern sich störrisch, weiterzugehen und verdrehen wegen des lodernden Feuers ängstlich die Augen. Doch Tonio steht schon neben ihnen und zieht sie ein Stück an den Lederriemen gewaltsam vorwärts. Als sich die Tiere noch immer brüllend weigern zu laufen und seitlich auszubrechen drohen, benötigt er Hilfe.

Flink springt Agatha vom Wagen, als dieser endlich zum Stehen kommt. Die Geschwister krabbeln unter der Plane hervor und Alessandro erkennt, dass er zugreifen muss.

Zusammen mit Tonio zieht er kräftig an den Geschirren der Tiere. Als sie sich endlich von der Stelle bewegen, brüllt Tonio die Ochsen an: »Ihr kennt das doch, stellt euch nicht so an!«

Anerkennend klopft er dem Jungen auf die Schulter und stellt zufrieden fest, dass er einen guten, starken Helfer an seiner Seite hat.

Schnell werden unter Agathas Kommando die Töpfe vom Wagen geladen und mit dem zerkleinerten Gemüse auf die Feuerstellen gehängt. Die vorbereiteten Brote, schon vor Tagen gebacken, und die gepökelten Fleischstücke, legt Francesca mit mürrischer Miene auf die provisorischen Tische.

Zwei grauhaarige, ein wenig korpulente Ritter laufen auf Alessandro zu und befehlen ihm, ihre Pferde abzusatteln. Sie haben ihn zuvor beobachtet und gesehen, wie gut er mit dem alten Pferd seines Vaters umgeht und dass er über Erfahrung mit Tieren verfügt.

Der Junge signalisiert mit seinen Händen und den weit geöffneten Augen, dass er nichts hören kann. Mit ein paar Handbewegungen zeigen die Ritter, was sie von ihm wollen. Sein altes Ross darf er zu den anderen bringen. Er nickt, als habe er alles verstanden, lächelt freundlich und bringt die beiden Pferde und den alten Marrone nacheinander zu den anderen Tieren in einen zuvor errichteten Pferch.

Langsam schlurfen die zwei Männer auf eines der Zelte zu und deuten ihm an, dass er mitkommen soll. Beim Ablegen ihrer schweren Kettenhemden hilft er, so gut er kann, und sieht staunend, wie die Ritter gekleidet sind. Nie zuvor hat er einen Ritter aus der Nähe gesehen, geschweige denn, im Hemd.

Unter den Kettenpanzern mit verstärktem Schulterteil, die bis zur Mitte der Oberschenkel reichen, tragen sie wattierte lange Westen, die mit Schafwolle gefüttert sind. Diese Ausrüstung soll sie vor Angriffen mit Hieb- und Stichwaffen schützen.

Die schweren Kettenkapuzen legen sie ab, darunter tragen sie zum Schutz ihres Kopfes ein Mützchen, ähnlich wie ein Kindermützchen, die gepolsterte Bundhaube. Ihre Gürtel mit den Schwertern legen sie jedoch wieder an.

Am Verpflegungswagen bedienen sich alle Ritter mit Wasser und Wein, dann marschieren sie zu der langen Tafel auf der freien Fläche.

Fünfzig Ritter, die fast alle ihre Kettenhemden und Kapuzen abgelegt haben, essen gierig schmatzend und rülpsend Brot, Gemüse und das aufgeschnittene, gepökelte Fleisch mit ihren Messern und Händen. In ihren Bärten hängen Brotkrümel und Reste vom Gemüse.

Schutzlos sitzen sie nicht in dem provisorischen Lager, denn einige Männer aus dem Fußvolk haben sich aufgeteilt und bewachen mit Fackeln in der Hand das Lager.

Agatha hat für alle Helfer und das Fußvolk noch genügend Nahrung zurückbehalten. Jeder, der hart arbeitet, viele Kilometer laufen oder reiten muss, soll genügend zu essen bekommen.

Schließlich ist es keine einfache Tagestour, die hier endet, sondern der Beginn eines wochenlangen beschwerlichen Zugs nach Norden.

Nachdem alle Ritter, das Fußvolk und die Helfer, versorgt sind, räumen die Frauen das Umfeld des Tisches ein wenig auf.

Die Wasservorräte werden überprüft, am Ende des nächsten Tages wird man den Fluss Po durchqueren und kann für die nächsten Tage Wasser auffüllen.

Nach der vielen Arbeit und den ungewöhnlichen Eindrücken legen sich Agatha und die Geschwister erschöpft in einem größeren Zelt zum Schlafen, zusammen mit einigen anderen Menschen.

Auf dem Versorgungswagen liegt Tonio, in eine Plane eingerollt. Er ist immer dafür verantwortlich, dass nichts von seinem Wagen gestohlen wird. Fast jede Nacht bewacht er die Vorräte. Dafür darf er am Tag auf dem Bock ein wenig vor sich hindösen, wenn die Reise auf ebenem Boden immer nur geradeaus geht. Seine Frau Agatha sitzt stets aufmerksam neben ihm und kann, wenn er einschläft, die Zügel übernehmen.

Während er hundemüde von seiner Arbeit und vom Wein, der mit viel Wasser versetzt ist, nach oben zum Sternenhimmel schaut, kommt ihm die Idee, dass vielleicht auch Alessandro zukünftig den Wagen mit den Ochsen lenken könnte, während er seinen Schlaf nachholt. Der Junge scheint für alle Arbeiten gut zu gebrauchen zu sein. Schade, dass er taubstumm ist. Sehr gerne hätte Tonio mit ihm ein Gespräch geführt, um mehr über ihn zu erfahren.

In der Nacht ist es ruhig im Lager, bis auf ein gelegentliches Wiehern der Pferde im Pferch und das Schnarchen der Männer in den Zelten. Drei Bewacher des Lagers wechseln sich ab, sie sind für die Sicherheit der Schlafenden in den Zelten und die der Tiere im Pferch verantwortlich.

Am nächsten Morgen muss eilig für alle Männer ein ordentliches Frühstück vorbereitet werden. Agatha und Francesca stehen neben anderen Helferinnen und Helfern aus dem Tross an dem langen Tisch. Hirsebrei, der über dem Feuer erwärmt wurde, schöpfen sie aus großen Töpfen mit Holzlöffeln in die Schalen.

Die jüngeren Ritter, noch ein wenig zerknittert und struppig, fahren sich schnell mit den Händen durch die Haare und Bärte, als sie das hübsche Mädchen entdecken.

Auch wenn einige von ihnen ganz forsch versuchen, Francesca schöne Augen zu machen, bekommen sie die gleiche Portion wie die anderen und dazu einen strengen Blick von Agatha.

Alessandro steht unterdessen träumend am Pferch und beobachtet die edlen Hengste der Ritter. Viele bildschöne Tiere haben sie von ihren Kreuzzügen in den Orient mitgebracht und mit ihren heimischen Pferden gekreuzt. Welch ein Unterschied zu seinem schwerfälligen Marrone! Zu gerne würde er das alte Pferd zu sich rufen, um es zu streicheln. Gerade noch rechtzeitig fällt ihm ein, dass es jemand hören könnte. Dann wäre sein bisher gut gehütetes Geheimnis aufgeflogen, und er würde der Lüge bezichtigt.

Vor einigen Jahren hatte sein Vater die Angewohnheit entwickelt, das junge Pferd mit einem Pfiff anzulocken. Vielleicht würde sich das alte Tier daran erinnern? Er lässt einen gellenden Pfiff ertönen, und siehe da, Marrone hebt den Kopf, spitzt die Ohren und läuft langsam auf ihn zu.

Unbeeindruckt von dem unbekannten Geräusch grasen die anderen Tiere weiter. Das Pferd genießt die Zuneigung und das Streicheln seines Halses. Es legt seinen Kopf auf die Schulter des Jungen, bläst ihm durch die Nüstern den warmen Atem ins Gesicht, und es scheint, als würden sie sich gegenseitig trösten.

Viel Zeit bleibt ihnen nicht, denn schon kommt einer der Knappen, um Alessandro zu holen. Er führt ihn in das Zelt, in dem er am Vorabend den beiden Rittern beim Ablegen ihrer schweren Kettenhemden geholfen hat. Nun wird von dem Jungen erwartet, dass er beim Gewanden behilflich ist. Der Knappe zeigt ihm geduldig die Reihenfolge. Unter den strengen Augen legt Alessandro dem einen Ritter nach und nach die Kleidung an.

Dass der Junge alle Bemerkungen der Männer über ihn versteht, ahnt niemand. Er ist überglücklich, denn er hat es eben selbst gehört, dass er gute Chancen hätte, eines Tages als Knappe aufgenommen zu werden, was für einen Bauernjungen eigentlich nicht vorgesehen ist.

Erzählt haben sie sich in dem Zusammenhang auch, dass Kaiser Barbarossa es niemals erlaubt hat, dass jemand aus der niederen Bevölkerung Ritter werden kann. Doch sein Verbot musste er noch zu Lebzeiten in Ermangelung von Kriegern zurücknehmen.

Nachdem die Zugtiere angeschirrt und angespannt sind, setzen sich nach und nach die Versorgungswagen in Bewegung. Gesattelt warten die vielen Pferde, einige von ihnen tänzeln oder scharren ungeduldig mit den Hufen. Eilig sitzen die Reiter auf, und wieder ist das Klirren und Schaben der Kettenhemden und Schwerter zu hören, bis alle das provisorische Lager im Galopp verlassen haben.

Sie kümmern sich darum, von den Bauern, deren kleine Höfe auf der Strecke nach Norden liegen, Lebensmittel zu ergattern. Dass diese einfachen Leute selbst kaum genug zum Leben haben, interessiert sie wenig. Sie fordern ihr Recht im Namen des Königs. Und niemand wagt es, zu widersprechen.

Die Versorgungswagen holpern über zertrampelte Wiesen und Pfade. Tonio schickt Agatha nach hinten auf den Wagen, er möchte den Jungen neben sich auf dem Bock sitzen haben. Alessandro soll von ihm lernen, ein Gespann mit Ochsen zu lenken.

Durch Handzeichen verständigt sich Agatha mit ihm. Sie wundert sich, dass er ihre Zeichen so schnell versteht, und er ist froh darüber, nicht den ganzen Tag unter der Plane sitzen zu müssen.

Schnell bemerkt Tonio, dass der groß gewachsene, starke Junge einen Ochsenwagen lenken kann. Mit seiner flachen Hand haut er sich vor die Stirn.

Ein echter Dummkopf ist er, denn er hat vergessen, dass Alessandro aus seiner ärmlichen Bauernfamilie herausgerissen wurde, wo er hart arbeiten musste. Immer wieder klopft er dem Jungen freundschaftlich auf die Schulter, denn er ist glücklich, endlich einen guten Helfer neben sich zu haben.

Gegen Mittag erreichen sie das breite, steinige Ufer des Po. Das Flussbett ist, bedingt durch die lange Trockenheit, nicht sehr tief. Laut Befehl des Anführers Mario überquert der gesamte Tross mit den Rittern den Fluss an einer seichten Stelle und legt drüben eine kurze Rast ein.

Einige von ihnen kümmern sich um die Nachhut. Für die fünf Versorgungswagen haben sie eine weitere, sichere Furt ausfindig gemacht und helfen ihnen bei der Durchquerung. Zwei Gespannführer müssen notgedrungen ins flache, eiskalte Wasser springen, um ihre störrischen Ochsen mit der Hilfe der Peitsche vorwärts zu treiben.

Auf der gegenüberliegenden Seite des Flusses Po wird eilig Wasser in die Schläuche aus Tierblasen aufgefüllt, die Pferde werden getränkt und Brot an alle verteilt. Nur von kurzer Dauer ist die Rast und soll dazu dienen, dass alle Berittenen und die Wagen mit Proviant, Werkzeugen, Waffen zur Verteidigung, wie Speeren, den kostbaren Schwertern, Streitäxten und Morgensternen sicher durch den Fluss gelangen.

»Francesca«, ruft es von weitem, »wir fangen unterwegs damit an, für die nächsten Mahlzeiten zu sorgen.« Agatha hält das Zepter in der Hand.

Sie ist nur ein paar Jahre älter als Francesca, aber eine Frau, die alles gut organisiert, denn die Versorgung der gesamten Truppe ist äußerst wichtig und liegt in ihrer Hand. Daher sind ihr auch alle Frauen im Tross unterstellt.

»Andere Versorgungswagen verteilen heute das Essen, wir beide und einige Helferinnen richten alles für morgen.«

»Was ist zu tun, Agatha?« Francesca ist mit allen Arbeiten in einer Küche vertraut. »Wir bereiten das Gemüse vor und schneiden das gepökelte Fleisch in dünne Streifen. Das erledigen wir auf dem Wagen.«

Die beiden Frauen krabbeln hinten auf den Wagen, schlagen die Planen zurück, um mit den Vorbereitungen zu beginnen, Alessandro sitzt vorne bei Tonio.

Die Peitschen an den Fuhrwerken knallen bedrohlich in der Luft, um die trägen Ochsen zur Eile anzutreiben. Die Ritter sitzen auf und führen die Gruppe an. Bis zum Abend möchte man so weit gereist sein, dass nur noch eine Tagesreise bis nach Verona zu absolvieren ist.

Unterwegs fordern sie wieder von kleinen Bauernhöfen Gemüse, Milch und Fleisch im Namen des Königs und laden alles ohne Gegenleistung auf. Jammern hilft den armen Bauern nichts.

Schmerzlich erinnern sich die Geschwister daran, wie ihrem Vater die wenigen Lebensmittel gewaltsam genommen wurden. Bei den beiden werden die Wunden des tragischen Abschieds täglich neu aufgerissen. Doch für Trauer über den Verlust der geliebten Mutter und um den zurückgelassenen Vater bleibt keine Zeit.

Der zweite Abend im Kreis der königstreuen Ritter gestaltet sich ähnlich wie am Tag zuvor. Alessandro versorgt zuerst die Pferde der Ritter, dann bindet er sein altes Pferd Marrone am Versorgungswagen ab und bringt es zu den anderen Rössern in den Pferch. Futter ist für alle Tiere ausreichend vorhanden.

Wieder wird der Junge von einem Knappen zu den beiden Rittern gebracht, um ihnen beim Ablegen des Kettenpanzers, der wattierten Beinkleider und der Kapuze zu helfen. Diesmal darf er den Rittern sogar die Kettenstümpfe ausziehen. Alessandro würde ihnen gerne ins Gesicht sagen, dass sie das gut alleine machen könnten, diese faulen, verwöhnten Kerle.

Nach dem Essen sitzen die Ritter wieder in kleinen Gruppen zusammen und unterhalten sich über ihre Mission. Die schmalen, unbefestigten Wege über die Alpen, die schon Barbarossa nutzte, um auf dem kürzesten Weg zurück nach Norden oder auch in den Süden zu reisen, würden in wenigen Tagen alle Kraft von den Reisenden und den Tieren fordern.

Den verdünnten Wein trinken sie jeden Abend gegen den Durst und reden über das, was sie erwartet. Ritter Mario schleicht um den Versorgungswagen herum und hält Ausschau nach Francesca, die sich aber, als sie ihn sieht, bei Agatha unter der Plane versteckt. Alessandro sitzt mit gesenktem Kopf in der Nähe des wärmenden Feuers bei den Knappen und bekommt einen Einblick, was in absehbarer Zeit alles geschehen wird.

Die Pläne für den Verlauf der Reise sind den führenden Rittern wohlbekannt. Viele von ihnen zogen schon mehrmals zusammen mit ihrem König Friedrich II., dem Sizilianer, wie ihn einige nennen, auf unterschiedlichen Wegen über die Gebirge. In etwa vierzehn Tagen könnten sie, wenn es die Witterung zulässt, am Lechfeld, nahe der Stadt Augusta, ihre Zelte aufschlagen.

Dort sollten sie auf König Friedrich II. und seine Gemahlin Konstanze mit dem 8-jährigen Sohn treffen.

Agatha und Francesca ziehen sich müde ins Schlafzelt zurück, nachdem sie für den kommenden Tag das Gemüse, das Fleisch und den Hirsebrei für den gesamten Tross vorbereitet haben. Alessandro leidet unter Heimweh und steht noch lange nachdenklich am Pferch bei den Pferden.

Monoton verläuft die Reise nach Norden. Täglich werden arme Bauern ohne Bezahlung um ihre Nahrung gebracht, im Namen des Königs.

Vor dem Versorgungswagen trotten die Ochsen gemächlich in Richtung Verona. Insekten stören die Tiere keine mehr, dafür ist es schon zu kalt. Der Tross der Ritter hat die Gruppe mit den fünf Versorgungswagen verlassen und reitet zügig auf die Ansiedlung an der Etsch zu. Schemenhaft erheben sich die Gebirgszüge des Monte Baldo.

In der Nähe des Flusses, der bei Verona seine Richtung ändert und nach Osten ins Meer fließt, stehen schon die Zelte. Fackeln beleuchten den Weg zum Lager. Ausreichend Brot, Gemüse und kleine Fleischportionen gibt es, wie am Ende eines jeden Tages.

Manchmal stellen die Köchinnen beim Herrichten der Nahrung fest, dass etwas nicht mehr ganz so frisch riecht. Blitzschnell greifen sie zu scharfen Kräutern und würzen die Speise gründlich damit. So verändert sich der Geschmack und lenkt davon ab, dass sie vielleicht nicht mehr genießbar wäre. Gegessen wird es trotzdem, wer weiß, außer der Köchin, davon?

Alessandro verrichtet die Arbeit eines Knappen morgens zum Bewanden der Ritter, und am Abend hilft er ihnen aus den Kettenpanzern. Auch alle Arbeiten, die sich um die Pflege und das Füttern der beiden ihm anvertrauten Rösser drehen, übernimmt der Junge. Marrone hat auch wie selbstverständlich seinen Platz im Pferch bekommen. Hinter dem Wagen trottet er tagsüber her, abends genießt er die Freiheit im Pferch und galoppiert mit den anderen Tieren über die Wiesen.

Einige Tage später stoßen die stolzen Ritter des Königs Friedrich II. auf zahlreiche Händler, die in Richtung Süden reisen, um Gewürze und andere Waren einzukaufen und gegen eigene Produkte zu tauschen. Beruhigt sind die Händler, dass die Ritter, die sie hier treffen, in friedlicher Mission unterwegs sind. Wie oft schon trafen sie bei ihren Reisen auf plündernde Truppen.

Der Weg durch das Gebirge ist für kleine Gruppen ohne Waffen immer ein Wagnis. Hohe Zölle werden verlangt oder die Wagen von Wegelagerern ausgeraubt. Daher schließen sich Pilger gerne den königlichen Rittern an. Sie schlagen für eine Nacht ihr Quartier in deren Nähe auf, wenn es kein Kloster gibt, das sie bei sich aufnimmt. Abends am Lagerfeuer berichten sie einander die Neuigkeiten.

Der Zustand der Wege, die weiter nördlich schmal und steil bergauf und bergab führen, ist gefährlich rutschig. Ein falscher Tritt kann tödlich enden.

Entlang der Strecke über die Alpen befinden sich kleine Klöster, die keinen Platz für die Übernachtungen großer

Gruppen verfügbar haben. An Vorüberziehende verkaufen die Mönche Lebensmittel aus eigenem Anbau, Gemüse aus ihren Gärten, und sie versorgen alle mit Wasser aus ihren eigenen Brunnen.

Ärgerlich ist die wirtschaftliche Übermacht der Klöster für die Bauern, deren Höfe entlang der Nord-Süd-Route liegen, weil sie ihre eigenen Produkte nicht an Vorüberziehende verkaufen können. Die Klöster haben zuvor schon gierig den Bedarf der Reisenden gedeckt.

Am Abend des vierten Tages ihrer unfreiwilligen Reise in den Norden treffen sich die Geschwister am Pferch bei ihrem alten Pferd Marrone. Tagsüber sind sie mit vielen fremden Menschen zusammen und haben keine Möglichkeit, über das, was sie bewegt, miteinander zu reden.

Damit niemand ihr Gespräch am Pferch belauschen kann, umarmen sie sich fest. Alessandro erzählt flüsternd, was er abends am Lagerfeuer alles erfahren hat.

Plötzlich wird er grob an der Schulter gepackt, von ihr weggerissen und auf den Boden geworfen. Dass sich von hinten ein jüngerer Ritter ganz leise genähert hat, bemerkten die Geschwister nicht. Das Mädchen stößt vor Schreck einen leisen Schrei aus und stellt sich schützend vor ihren Bruder, der langsam wieder auf die Beine kommt.

Fassungslos starrt sie den aggressiven Mann mit der Hakennase an, der kaum größer ist als sie selbst.»Ich dachte, ihr beiden seid Geschwister! Warum steht ihr hier eng umschlungen im Dunkeln?« Wütend schaut er auf die entsetzte Francesca und brüllt.

»Was willst du denn mit einem Kerl, der taubstumm ist? Fällt dir nichts Besseres ein? Ich werde noch heute dafür sorgen, dass ihr nicht mehr zusammen in einem Wagen fahrt. Ab sofort bringen wir euch in unterschiedlichen Zelten unter. Ihr seid gar keine Geschwister!«

Durch die laute Auseinandersetzung werden mehrere Ritter

auf die drei aufmerksam. Auch Agatha und Tonio gesellen sich dazu.

»Versteht mich doch! Er ist mein jüngerer Bruder und hat großes Heimweh! Das ist alles, was ich sagen kann! Warum darf ich ihn nicht in den Arm nehmen?«, jammert Francesca.

Der zornige Ritter winkt ab und eilt schimpfend zurück an das wärmende Lagerfeuer. Als die Geschwister wenig später mit Agatha und ihrem Mann alleine sind, halten sie es nicht mehr aus. Sie vertrauen den beiden ihr Geheimnis an.

Tonio kann die Überraschung kaum glauben und freut sich: »Das hätte ich nicht gedacht! Mein Junge, du bist nicht taubstumm, du verstehst mich und kannst mir antworten. Jetzt kann ich mich ab und zu mit dir unterhalten. Euer Vater ist wirklich ein schlauer Fuchs. Von uns wird niemand etwas erfahren, das schwöre ich bei Gott und meinem Leben.«

Agatha runzelt die Stirn, denn sie sieht den brutalen Zusammenstoß mit dem Ritter aus einer anderen Sicht, nämlich aus der Sicht einer erfahrenen Frau. »Er scheint ein Auge auf dich geworfen zu haben und duldet keinen Nebenbuhler! Die Ritter schwören, nicht nur dem König oder Kaiser treu zu dienen, sondern auch die Frauen zu achten. Und nicht nur die adeligen Damen. Es kommt leider oft vor, dass diese Herren ihren Schwur vergessen.«

»Er hat mir große Angst eingeflößt. Was kann ich nur gegen ihn machen?«, fragt die junge Frau. »Beruhige dich. Wir passen auf dich auf.«

Bald darauf kehrt im Lager Ruhe ein. Nur die leisen, knirschenden Schritte der nächtlichen Bewacher, die die Zelte mit Fackeln umrunden, sind von Zeit zu Zeit zu hören. Niemand erscheint, um den Jungen in ein anderes Zelt zu bringen.

Einen Tag später führt die Reise entlang der Etsch. Der Fluss, der vom Gebirge munter sprudelnd herunter fließt, ist gut gefüllt und bringt sauberes Wasser ins Tal. Ein Wassermangel ist in den nächsten Tagen nicht zu befürchten. Je höher die Reise nach oben auf die Berge führt, umso niedriger werden die Temperaturen.

Manchmal reiten die Geschwister abwechselnd auf Marrone, denn immer nur hinten am Versorgungswagen zu hängen und hinterher zu trotten, das wollen sie ihm nicht zumuten. Einen Sattel gibt es für ihn nicht, es hat auch nie einen gegeben. Lederwaren können sich die armen Bauern nicht leisten.

Heute sitzt Francesca auf dem warmen Pferderücken. Beim Aufsitzen ist Alessandro behilflich, indem er die Hände faltet und das Mädchen sie wie einen Steigbügel benutzt. Schon als Kind durfte sie das Pferd reiten, wenn der Vater zur Arbeit aufs Feld gezogen ist.

Unmittelbar hinter dem Wagen reiht sie sich ein und bemerkt plötzlich einen Reiter an ihrer Seite. Stur geradeaus schaut sie, immer zwischen den gespitzten Pferdeohren hindurch und lässt sich nicht anmerken, dass sie den Ritter mit der Hakennase neben sich sieht. Erst als er sein Pferd seitlich immer näher an Marrone heranlenkt, dieser unruhig wird und die Ohren anlegt, um seinen Unmut über diese Nähe zu zeigen, wirft sie dem jungen Mann einen bösen Blick zu.

»Es tut mir leid, dass ich Euren Bruder gestern Abend unfreundlich behandelt habe. Ihr gefallt mir sehr – und ich war wohl zu forsch bei meiner Werbung um Euch.«

Hochmütig schaut der junge Ritter zu Francesca herüber. Sein Blick und die entschuldigenden Worte passen nicht zusammen. Seine Nähe ist ihr äußerst unangenehm.

Da sie keinerlei Erfahrung mit verliebten Männern und schon gar nicht mit solch rücksichtslosen Rittern hat, ist sie unsicher, ob sie ihm überhaupt antworten soll. Schweigend reitet er eine Weile neben ihr her. Als er nicht mehr auf eine Antwort von ihr hofft, gibt er seinem Hengst die Sporen und prescht wütend davon.

»Denke nicht mehr an diesen ungehobelten jungen Kerl.

Er gehört einer anderen Gesellschaftsschicht an, er wird dich nie respektvoll behandeln. Ich weiß, dass er durch eine einzige, besonders mutige Tat, die allerdings niemand mit eigenen Augen gesehen hat, vor dieser Reise vom Knappen zum Ritter aufgestiegen ist. Merkwürdig ist die Sache schon, und sein Charakter ist schlecht«, flüstert ihr Agatha beim nächsten Halt zu. Alles hat sie vom Wagen aus genau beobachtet und fühlt sich, wie Tonio, ein bisschen verantwortlich für die Geschwister.

Am Abend an der langen Tafel teilen die Frauen das Essen aus, eine gewisse Routine stellt sich bei allen Arbeiten ein. Unaufgefordert marschiert Alessandro zu den beiden Rittern ins Zelt und ist ihnen beim Auskleiden behilflich.

Um den aggressiven jungen Ritter, der wesentlich kleiner ist als er, macht er einen großen Bogen. Immer mit der Hand am Schwert, stolzierend wie ein Gockel, ist der Ritter im Lager unterwegs.

Alessandro beobachtet ihn sehr aufmerksam aus den Augenwinkeln, als er für sich das Essen holt, und er bemerkt, dass der unsympathische Kerl mit der Hakennase seine Werbung um Francesca noch lange nicht aufgegeben hat.

Er nimmt sich vor, äußerst wachsam zu sein und seine große Schwester zu beschützen.

»Ich muss schnellstens lernen, mit Waffen umzugehen«, sagt er entschlossen zu seiner Schwester, und sie unterbreitet ihm sogleich einen Vorschlag:»Die Knappen trainieren abends immer hinter den Zelten. Geh hin und schau zu. Viele von ihnen werden dich schon kennen und kein Problem damit haben, wenn du dich in der Nähe aufhältst.«

Alessandro macht sich sofort begeistert auf den Weg, er hört schon das metallische Geräusch vom Kreuzen der Klingen, das ihn fasziniert. In ausreichender Entfernung setzt er sich ins Gras und beobachtet das Training sehr genau. Erst als er fröstelt, zieht er sich leise ins Schlafzelt zurück.

Von diesem Tag an schleicht er sich jeden Abend hinter die Zelte, wenn er hört, dass die Knappen und einige der Ritter in voller Ausrüstung den Kampf mit den Schwertern und Streitäxten trainieren. Er nimmt sich vor, mit Francesca zu reden. Wie kann er allen zu verstehen geben, dass er ein gesunder junger Mann und nicht taubstumm ist?

Unter der Plane des Versorgungswagens hocken die Geschwister zusammen und beratschlagen, was zu tun ist. Einerseits wünscht sich Alessandro plötzlich, Knappe zu werden und sich als Kämpfer ausbilden zu lassen.

Andererseits kann niemand wissen, wie sich der Anführer und die anderen Ritter gebärden, ob sie sich rächen und ihn bestrafen oder töten, wenn sie erfahren, dass man sie an der Nase herumgeführt hat.

Heimlich ziehen sie auch Agatha und Tonio ins Vertrauen. Die beiden kennen die meisten Ritter schon lange und fürchten sich vor ihrer Rache, denn auch sie könnten mit in den Streit verwickelt werden.

Tagelang wandern sie wie eine Karawane zunächst entlang der Etsch und danach bei winterlichen Temperaturen an dem Fluss Eisack entlang.

Glitschig und vereist ist das Ufer des Flusses, beim Wasserholen kann man leicht auf den Felsen ausrutschen. Agatha und Francesca füllen nacheinander die Kübel und Schläuche. Gegenseitig halten sie sich an der Kleidung fest, damit sie nicht in das eiskalte Wasser stürzen. Unangenehm wird es, wenn das tosende Wasser spritzt oder wenn man abrutscht. Bei den niedrigen Temperaturen trocknet die nasse Kleidung schlecht, andere Schuhe und Strümpfe zum Wechseln gibt es nicht.

Die unwegsame Strecke über das Gebirge, die schon der Großvater des Königs Friedrich II. als den kürzesten, schnellsten, aber auch als den gefährlichsten Weg nach Norden auswählte, muss von diesem Trupp bewältigt werden. Dass Pferde sich unterwegs so stark verletzen, dass sie von ihren Schmerzen erlöst und anschließend vom Tross verspeist werden, kommt bei den Überquerungen der Gebirge leider vor.

Augusta — Augsburg 1219

Tatsächlich dauert es mehrere Wochen, bis die Reiter auf dem weitläufigen Lechfeld ankommen, wo sich zu allen Zeiten die Ritter vor ihren Feldzügen versammelt haben.

Zwei Tage später erreichen die Versorgungswagen den Treffpunkt. Die Zelte stehen bereit, die Nahrung wird gewärmt und verteilt, aber Agatha stellt fest, dass langsam die Vorräte zur Neige gehen. Nur Wasser gibt es genug am Lech. Noch zwei Tagesreisen benötigt die Gruppe bis nach Augusta.

Immer wieder, wenn es dunkelt, stellt der unbeherrschte dicke Ritter mit der ausgeprägten Hakennase Francesca nach, bis ihm der Anführer Mario eine zweite Rüge erteilt. »Lass das Mädchen in Ruhe, ein für alle Mal! Dein Verhalten ist eines Ritters nicht würdig. Du musst noch viel lernen, wenn du einen festen Platz in der besseren Gesellschaft einnehmen willst. Halte dich fern von ihr, sie wird zu dem Personal des Königs gehören, sobald wir die Stadt Augusta erreichen.«

Ritter Mario knirscht, wie so oft, wenn er wütend ist, mit den Zähnen und schüttelt den Kopf. Er streicht sich über die rote Narbe auf seiner linken Wange, die ihm sein Knappe beim Training zugefügt hatte. Das junge Mädchen gefällt ihm ebenfalls, sogar nachts in seinem Zelt denkt er unaufhörlich an sie.

Wenn der König kein Interesse haben sollte, er selbst hat es, seit er Francesca das erste Mal gesehen hat. In seiner wilden Phantasie gehört sie ihm bereits.

Augusta, die älteste Stadt in der Region, empfängt jubelnd den gesamten Tross. Edel gewandete Ritter stehen bereit, in ihrer Mitte reitet König Friedrich II. und begrüßt alle, die aus seiner Heimat zu seinen Ehren angereist sind. In den nahen Hof des Klosters ziehen sich die königlichen Ritter zurück. Die Knappen kümmern sich um die Tiere.

Alle anderen Helfer mit den fünf Versorgungswagen und das einfache Fußvolk, die den Tross und die Ritter den monatelangen Weg von Palermo bis Augusta begleitet haben, werden vor den Stadtmauern auf weiten Wiesen untergebracht und von der Bevölkerung ausreichend versorgt.

Francesca duckt sich unter der Plane, nachdem sie mit Herzklopfen einen scheuen Blick auf den jungen, hübschen König geworfen hat. Vergessen hat sie die Ankündigung nicht, dass sie für ihn arbeiten soll. Was auch immer das bedeutet.

Ritter Mario hat es selbstverständlich auch nicht vergessen und umrundet suchend den Wagen. Barsch wie immer ruft er Agatha zu:»Wo ist das Mädchen? Schicke sie sofort in das Kloster. Sie soll dort ein Bad nehmen und saubere Kleidung bekommen. Rasch!« Und dann fügt er noch hinzu:»Und damit ihr es alle wisst, ab sofort gehört sie zu den Dienerinnen des Königs und der Königin. Der taubstumme Junge bleibt vorläufig bei euch.«

Tonio lenkt das Ochsengespann bis kurz vor die Tür des Klosters. Er springt vom Bock, hebt vorsichtig die Plane hoch und fragt besorgt:»Francesca, was ist mit dir? Hast du nicht gehört, was der Ritter Mario befohlen hat? Komm schnell heraus. Du darfst dich seinen Anordnungen nicht widersetzen. Er ist der verlängerte Arm des Königs. Agatha und ich, wir kümmern uns um deinen Bruder. Versprochen.«

Widerwillig krabbelt Francesca langsam unter der Plane heraus. Liebevoll umarmt sie ihren Bruder, küsst ihn auf beide Wangen und streichelt ihn, als würde sie ihn nie mehr wieder sehen. Tonio, dem Ochsenführer, und seiner Frau Agatha, wirft sie einen tieftraurigen Blick zu.

Sie hat Angst vor dem Unbekannten, was im Kloster auf sie einstürmen wird. Tief atmet sie durch, streicht sich den Rock glatt, dann klopft sie zögernd an die große Pforte des Klosters.

Eine Novizin, recht mager, vielleicht ein paar Jahre älter als sie, öffnet die knarrende Holztür einen Spalt breit und rümpft die Nase, als sie das Mädchen sieht und riecht. Dann lässt sie Francesca eintreten und spricht sie zu ihrer Überraschung in ihrer Muttersprache an:»Komm mit, ich weiß über dich Bescheid.« Schnell wendet sie sich ab und führt Francesca in ein kleines Zimmerchen mit einer Wanne.»Zieh dich aus, ich bringe dir heißes Wasser und frische Kleidung!«

Francesca steht kurz darauf im schmutzigen Unterkleid aus Wolle vor ihr. Besonders freundlich wirkt die Novizin nicht, aber sie wird sehr deutlich.

»Zieh das dreckige Zeug aus, bevor du in den Zuber steigst. Du stinkst wie alter Hammel und ein Ziegenbock zusammen.« Ein kleines Stück Seife legt sie auf den Rand der Wanne mit den Worten:»Das ist Seife, damit kannst du auch deine Haare waschen. So wie du aussiehst, haben sie es nötig.«

Gehorsam legt das Mädchen die schmutzige Kleidung ab, wirft sie auf einen Haufen und steigt in das warme Wasser. Einen solchen Zuber hat sie bisher noch nie gesehen, mit geschlossenen Augen genießt sie das Bad.

Sie wäscht gründlich ihre Haare, insgeheim freut sie sich, dass sie nun zum Tross des Königs gehört. Stolz ist sie darüber. Mit geschlossenen Augen liegt sie im Zuber. Ein wunderbares, nie erlebtes Gefühl der Frische umgibt sie.

Plötzlich hört sie das Geräusch von schweren, schlurfenden Schritten in dem Raum. Vor ihr steht, mit gierigem Blick auf ihren nackten Körper gerichtet, Ritter Mario. Mit den Armen versucht sie, ihre Blößen zu bedecken. Bis auf wenige Schritte kommt er an sie heran, sie sitzt wie erstarrt, lässt ihre lockigen Haare über die Brust fallen. Immer näher kommt er und geht vor dem Zuber in die Hocke, will nach ihren Brüsten greifen, nähert sich ihrem Mund.

»Was wollt Ihr von mir? Laßt mich in Ruhe«, bringt sie wimmernd hervor. Sein schlechter Atem schlägt ihr entgegen.

Eine gefühlte Ewigkeit vergeht, bis sie leichte Schritte hinter dem gaffenden, gierigen Ritter vernimmt. Ein Glück für sie! Die Novizin! Die reißt entsetzt die Augen auf und schimpft laut.

»Mario, was treibst du hier, verschwinde! Bist du von Sinnen? Lass sie in Ruhe! Hast du vergessen, dass du sie für Friedrich mitgebracht hast?

»Oh, meine Damen, Verzeihung, ich glaube, ich habe mich in der Tür geirrt. So schlimm ist es doch auch nicht, oder? Schließlich ist sie meine Entdeckung, ich habe sie vom Bauernhof mitgebracht und hatte schon lange Lust, sie so zu sehen, ha, ha, ha! Sie ist nicht nur für den König von mir ausgewählt worden!«

Mit verschränkten Armen wirft er noch einmal einen genüsslichen Blick auf das entsetzte Mädchen im Zuber, grinst unverschämt, und zieht die verblüffte Novizin hinter sich her. Beide verschwinden flüsternd hinter einem dichten Vorhang.

Ein Tuch aus kratzigem Leinen hängt schon über dem Stuhl, Francesca wagt nicht, sich zu bewegen. Noch immer sitzt sie mit verschränkten Armen wie erstarrt. Erst als das Wasser langsam zu kalt wird, steigt sie ängstlich aus dem Zuber.

Unschlüssig steht sie, in das grobe Tuch gehüllt, und wartet auf weitere Anweisungen.

Da erscheint endlich die Novizin, mit zerknitterter Kleidung und zerzausten Haaren. Über ihrem Arm trägt sie frische Unterwäsche aus Leinen, ein hellbraunes Gewand mit Schürze, eine Haube und leichte Schuhe. Das typische Gewand einer Marketenderin. Auf den fragenden Blick des Mädchens streicht sie ihre Haare glatt, die unter der Haube heraus gequollen sind. Peinlich scheint ihr das keinesfalls zu sein, denn sie hat die Situation im Griff.

»Zieh das an, ich komme gleich zurück und bringe dich in die Küche.« Erstaunt fragt Francesca: »Was muss ich in der Küche arbeiten?«

»Du sollst mithelfen, den König, die Königin, seine Ritter und ihre edlen Damen beim Essen zu bedienen. Hast du das nicht gewusst?«

»Nein.«

Auf dem Weg in die Klosterküche laufen sie durch lange Gänge und hören die rege Unterhaltung der vielen Gäste aus dem Speisesaal. Stark riecht es nach Rauch vom offenen Feuer und gebratenem Fleisch.

In der Küche erhält Francesca von der Köchin strenge Anweisungen. Die Novizin übersetzt alles, was ihr die Köchin in einer fremden Sprache mitteilt. Unauffällig soll sie sich verhalten, das sei sehr wichtig.

»Du trägst die Schüsseln mit dem Essen hinaus und stellst sie auf den Tisch. Die anwesenden edlen Damen bedienen ihre Herren selbst. Damit hast du nichts zu tun«, macht sich die dralle Köchin wichtig. Die Nonne übersetzt den barschen Redeschwall. Um das Gesagte noch zu unterstreichen, fuchtelt die Köchin mit einem großen Holzlöffel wild in der Luft herum.

Das Mädchen staunt über die vielen Dinge, die in der rauchgeschwärzten Klosterküche zubereitet werden. Auf großen Tabletts aus Holz liegen die Speisen für die Reichen. Kunstvoll dekorierte, gebratene Fasane, mit Federn geschmückt, Hühnchen, bunte exotische Früchte und ein kleines Schwein.

Als die Köchin den entsetzten Blick des Mädchens auf dem kleinen gebratenen Schwein ruhen sieht, erklärt sie, dass dies ein Spanferkel sei.

»Bei uns werden nur fette Schweine geschlachtet«, murmelt Francesca entsetzt. Lange kann sie nicht über all das, was sie an unbekannten Köstlichkeiten in der Küche sieht, nachdenken.

Schon wird ihr eine große Schüssel mit Gemüse in die Hände gedrückt und gezeigt, dass sie den anderen Frauen folgen soll.

Mit vielen Kerzen festlich beleuchtet, präsentiert sich der Speisesaal des Klosters. An der langen Tafel sitzen die adeligen

Herren mit ihren Damen, die dem König und seiner Familie einen herzlichen Empfang bereiten. Groß ist das Stimmengewirr im Saal, Francesca hört fremde Sprachen, die sie nicht versteht.

Mit gesenktem Blick betritt sie den Speisesaal. Am ersten Tisch stellt sie die Schüssel ab und sieht ihn im Hinausgehen aus den Augenwinkeln am Kopfende der Tafel sitzen. Er ist es wirklich, der König Frederico II, den die Menschen öffentlich »immutator mundi«, den Verwandler der Welt, nennen. So hat es ihr die Novizin erzählt.

Beim Hinausgehen dreht sich Francesca noch einmal kurz um, ihre Blicke treffen sich. Ihr Herz schlägt schneller. Der König beugt sich zu Ritter Mario di Lombardia, seinem engsten Vertrauten, der neben ihm sitzt, und flüstert ihm etwas ins Ohr. Der lächelt süffisant und nickt …

Francesca schießt die Schamröte ins Gesicht bei dem Gedanken, dass sich dieser Mann in unerhörter Weise Zutritt zum Bereich der Frauen gemacht, und sie bei ihrem Bad im Zuber ungeniert angestarrt, ja fast berührt hat.

Mit ihrem kleinen Sohn zieht sich die Königin bald von der Gesellschaft zurück, sie lächelt freundlich und winkt allen Anwesenden zu. Die meisten Gäste schenken ihr keine besondere Aufmerksamkeit mehr, denn sie haben schon ihren größten Durst gestillt und einige Krüge vom leckeren, frisch gebrauten Klosterbier gekostet. Sie lachen laut und warten auf die Spielleute, die den weiteren Abend gestalten.

Die Mägde, die alle zum Tross des Kaisers gehören, räumen eilig die Tische ab. Manch ein Ritter, der ohne Gemahlin und viele Wochen auf dem Weg von Palermo nach Augsburg in Keuschheit gelebt hat, tätschelt ihnen dabei nicht nur den runden Po.

In der Klosterküche steht Francesca ratlos herum. Sie hat die hohen Gäste bedient und weiß nicht, was noch von ihr erwartet wird. Wie einsam fühlt sie sich ohne ihren geliebten

Bruder Alessandro unter den fremden Menschen, die fast alle eine für sie unverständliche Sprache sprechen.

Nachdem sich niemand um sie kümmert, sucht sie die Novizin. Sorgen macht sie sich um ihren Bruder. Unbedingt möchte sie noch einmal zu ihm und ihren Freunden Agatha und Tonio gehen.

In dem langen Flur neben der Klosterküche lehnt die Novizin am Fenster und scheint auf sie gewartet zu haben.

Lächelnd geht sie auf das Mädchen zu, legt ihr den Arm freundschaftlich um die Schulter. »Ich hatte mich dir noch nicht vorgestellt. Die letzten Stunden waren hektisch für alle. Immer ist es so, wenn man auf den König trifft. Mein Name ist Renata, ich stamme aus Palermo und lerne hier die Sprache des Landes. Ich werde mit euch ziehen. Im nächsten Jahr reise ich mit dem Tross des Königs und seiner Gemahlin zurück nach Rom. Dort wird Papst Gregor IX. den König zum Kaiser des Römischen Reiches krönen.«

Scheu blickt Francesca die junge Frau an und fragt: »Was ist deine Arbeit während unseres Aufenthalts hier?«

»Von meiner Mutter und meiner Großmutter habe ich das Wissen über viele Heilkräuter gelernt. Beide waren am Hof des Königs sehr angesehen. Leider sind sie aufgrund ihres Alters nicht mehr in der Lage, an einer so weiten Reise teilzunehmen. Die Strapazen sind für die beiden zu groß. Aus diesem Grund reise ich mit dem Tross. Wenn jemand während der Reise erkrankt, versuche ich mit meinem Wissen zu helfen.«

Zwischen den beiden Frauen beginnt ein interessantes Gespräch. Auch über Ritter Mario unterhalten sie sich. Als Francesca erzählt, wie grausam er sie und ihren Bruder vom Vater getrennt hat, schüttelt Renata immerzu ungläubig den Kopf.

»Das kann ich mir nicht vorstellen. Ich kenne ihn schon viele Jahre, da wir beide immer in der Nähe des Königs gelebt haben. Er kann streng sein, ja, das stimmt, manchmal ist er furchtbar gierig auf Frauen. Du hast ihm gefallen ...«

Francesca baut durch diese Unterhaltung mit Renata schnell Vertrauen auf und nimmt allen Mut zusammen, zu fragen, ob sie zu ihrem Bruder am Versorgungswagen gehen darf.

»Ich komme mit dir, dann brauchst du niemanden sonst zu fragen«, bietet Renata an.

»Danke! Gehen wir jetzt gleich?« Plötzlich bleibt Francesca noch einmal stehen. »Wo werde ich heute Nacht schlafen? Hier im Kloster oder draußen im Zelt?«

»Du wirst heute hier im Kloster schlafen. Wir teilen uns eine Zelle. Morgen bekommst du noch mehr neue Kleidung. Wenn du in der Nähe der edlen Leute für deren Wohlergehen sorgen sollst, musst du immer ordentlich gekleidet sein.«

Renata scheint wirklich über alles informiert zu sein, was mit Francescas Zukunft zusammenhängt. Woher sie das alles weiß? Ob Ritter Mario di Lombardia dahinter steckt? Francesca fehlt der Mut, danach zu fragen.

Die beiden jungen Frauen verlassen das Kloster durch eine kleine Pforte, laufen am Klostergarten vorbei durch braunes raschelndes Laub und nähern sich den fünf im Kreis aufgestellten Wagen. In der Mitte prasseln mehrere Feuer, die Menschen aus dem Versorgungstrupp sitzen davor und wärmen sich. Sofort entdeckt Francesca ihren Bruder, der neben Tonio und Agatha sitzt.

Sie kommt mit Renata näher und stellt sie vor. Aufgeregt berichtet Francesca von ihrer Begegnung mit dem König und der Königin, während ihr Bruder aufmerksam zuhört. Um sich nicht zu verraten, schaut er mit gesenktem Kopf nach unten. Dann hebt er langsam den Blick zu seiner Schwester und lächelt sie an.

»Habt ihr wegen seiner Behinderungen schon einen Arzt konsultiert? Vielleicht kann er helfen?«, erkundigt sich die Novizin wenig später und ergänzt nachdenklich:»Leider ist mir kein Kraut bekannt, das ihm bei seiner Taubheit etwas nutzen würde.«

»Nein, bei uns im Dorf gibt es überhaupt keine Ärzte, wir sind arme Bauern. All unsere Wunden und Krankheiten haben wir selbst behandelt. Und unsere kranken Tiere auch.« Francesca fühlt sich nicht wohl, weil sie die Frau, die so freundlich und offen mit ihr redet, wegen Alessandro anlügt.

Wenn jemand eine Entschuldigung und Erklärung für die Notlüge des Vaters abgeben kann, dann ist es Alessandro selbst. Aber für ihn ist es gefährlich, erst jetzt, nach vielen Wochen, die Wahrheit zu sagen. Er könnte sein junges Leben, das gerade erst begonnen hat, verlieren. Man kann es nicht ermessen, wie ein Ritter reagiert, der sich hintergangen fühlt.

Die Geschwister umarmen sich zum Abschied, dann läuft Francesca mit Renata schnell zum Kloster zurück. Dass die Geschwister sich schwer trennen, sieht sie sofort und tröstet Francesca mit den Worten »Ihr könnt euch jeden Tag sehen, wir reisen gemeinsam von Pfalz zu Pfalz. Unser nächstes Ziel wird Norenberc sein. In zwei Tagen verlassen wir Augsburg und benötigen ungefähr sieben bis acht Tage bis dort hin. Die Stadt verfügt über eine große, imposante Burg, die auch von den Vorfahren des Königs erbaut wurde.«

»Woher weißt du das alles?«, will Francesca von ihr wissen. »Ritter Mario ist ein naher Verwandter von mir. Von ihm weiß ich immer genau, wann wir abreisen und wohin die Reise führt.

Seit zwei Jahren lebe ich hier in Augusta. Ich bin damals, wie du, mit einem Tross und vielen Rittern über die Alpen gezogen. Allerdings auf meinen eigenen Wunsch hin, und hier im Kloster hat man mich liebevoll mit offenen Armen aufgenommen.

Der König und Mario waren meine Fürsprecher. Ich durfte schreiben, lesen und die Sprache dieses Landes lernen. Lesen öffnet dir die Augen für alles, was auf dieser Welt geschieht.«

»Das stelle ich mir sehr aufregend vor. Aber ihr Nonnen müsst auch viel beten, oder?« Francesca wirkt nachdenklich. Durch den Tod ihrer geliebten Mutter und des ungeborenen Kindes hat sie den Glauben an einen gerechten Gott verloren. Reden will sie darüber mit niemandem. Das wäre auch zu gefährlich. Sie möchte nicht als Ketzerin an den Pranger gestellt werden.

»Wir zwei werden noch viel Zeit miteinander verbringen. Wenn du willst, kann ich dich auch das Schreiben und Lesen lehren.«

Mit großen fragenden Augen schaut das Mädchen auf Renata. »Es ist das Schönste, was mir ein Mensch bisher angeboten hat. Das wird wunderbar, wenn ich lesen lerne und richtig schreiben kann! Ich nehme dein Geschenk sehr gerne an.«

»Aber jetzt lass uns schnell noch einmal an die Tür des Klostersaales gehen und den Musikern zuhören. Heute Abend sorgen die Minnesänger für Unterhaltung der edlen Gäste.«

Einen Moment lauschen die beiden vor der Tür. Dann fragt Francesca: »Warum sind die Sänger hier? Ist heute ein besonderes Fest? Erzähle mir davon, bitte.«

»Nun, sie singen Liebeslieder für die lieblichen Damen. Manchmal singt der König selbst und trägt eigene Gedichte vor. Einige Minnesänger und Dichter ziehen zusammen mit dem Tross von Quartier zu Quartier. Alle sorgen abends nach dem Mahl für gute Unterhaltung. Dafür brauchen sie keinen besonderen Anlass.

Eine feste Residenz hat der König nicht. Wie sein Vater, Heinrich VI. und sein Großvater Friedrich I., Barbarossa, zieht er von Pfalz zu Pfalz und erledigt dort seine wichtigen Regierungsgeschäfte. Wo immer er sich befindet, bevölkern die Minnesänger und Dichter abends die Pfalz. Er hält Hof mit den Fürsten, Händlern und hochrangigen Männern, die zum Teil mit ihm reisen.«

Francesca nimmt alles gierig auf, was sie erfährt und gibt zu: »Niemals hätte ich mir vorstellen können, einmal in der Nähe des Königs zu leben. Das ist sehr spannend.«

Die Novizin gibt gerne weiter, was sie selbst weiß und zeigt sich sehr erstaunt über die wissbegierige junge Frau, die auf einem armseligen Bauernhof aufgewachsen ist.

Im Flur des Klosters lauschen die zwei Frauen noch immer den sehnsuchtsvollen Gesängen, die zum Teil in ihrer Muttersprache erklingen.

Als die dralle Köchin die beiden sieht, winkt sie Francesca heran und reicht ihr zwei große Krüge, gefüllt mit köstlichem Klosterbier für die Gäste. Ritter Mario bemerkt das Mädchen und gibt ein Zeichen, die Gefäße bei ihm auf dem Tisch abzustellen.

Von oben bis unten mustert er das Mädchen und zieht sie am Arm zu sich heran mit den Worten: »Na, mein hübsches Kind, du bist kaum wiederzuerkennen. Du bist so sauber und wohlriechend. Und jetzt trägst du sogar ein Gewand …«

Der Hinweis, dass sie nun nicht nackt vor ihm sitzt oder steht, ist unverschämt. Wieder zwinkert er dem König zu und macht ihn recht plump auf Francesca aufmerksam mit den Worten: »Wenn ich sie zu Euch bringen soll, Majestät, dann gebt mir bitte Bescheid. Frisch gewaschen hat sie sich in einem Zuber, ich habe mich selbst davon überzeugt. Während der gesamten Reise habe ich sie vor fremden Gelüsten beschützt, sogar vor meinen eigenen. Ich habe sie zunächst einmal für Euch ausgewählt, ich kann noch ein bisschen warten.«

Wenn sie nicht alleine waren, durfte das vertrauliche »du« zwischen ihnen nicht verwendet werden. Der König schüttelt den Kopf und lächelt nachsichtig mit den Worten: »Ich lasse es Euch wissen, Mario di Lombardia.«

Ritter Mario selbst würde niemals so lange zögern. Er weiß schon genau, wie er seine Zeit mit diesem bildhübschen, aber störrischen Mädchen verbringen könnte, notfalls sogar in einem Zuber im Kloster mit Gewalt. Aber er hat es Frederico versprochen, dass er, der König Vorrang hat!

Erst um Mitternacht endet das Gelage mit Flöten und Lautenmusik im Klostersaal, auch ein paar hochrangige Kirchenmänner sind bis zum Ende des Abends mit dabei, denn man könnte ja etwas Interessantes versäumen. Fast verderben sie dem König die gute Laune, als sie ihn in kurzen Abständen an sein Versprechen dem Papst gegenüber erinnern. Wenn er endlich den Kreuzzug gegen Jerusalem beginnen würde, dann stünde seiner Krönung zum Kaiser nichts mehr im Weg.

Friedrich erklärt den Klerikern freundlich, aber bestimmt, dass er zuvor noch wichtige Dinge in der Heimat seiner Vorfahren zu erledigen hat.

In der kleinen Zelle im Kloster haben sich Francesca und Renata auf einem unbequemen, aber sicheren Lagerplatz schlafen gelegt. Ihre Hilfe wird am nächsten Tag gefordert, auf dem Marktplatz müssen noch Vorräte für die Weiterreise eingekauft werden.

Am Vormittag empfängt die Königin höchst persönlich einige Händler, um für sich selbst hochwertige Stoffe auszuwählen. Ihre Bediensteten kaufen in dieser Zeit bei anderen Händlern in der Stadt schöne Stoffe für die Gewänder der Ritter und die eleganten Kleider ihrer Damen ein.

Außerdem benötigt der König auf seinen Reisen durchs Land ab und zu edle Geschenke für seine Gastgeber. Diese Einkäufe kann man in Augsburg bestens erledigen.

Auf fürstlichen Gütern, in der Nähe des Klosters, wählen die Ritter neue Pferde aus. Einige der Tiere, die durch die lange Reise über das Gebirge erschöpft oder erkrankt sind, bleiben auf den Gütern. Bis zur Rückkehr können sie sich dort erholen.

Auch die vielen Ochsen werden ausgetauscht. Kräftige, schöne Pferde ziehen ab jetzt die Versorgungswagen. Mit ihnen kommt der Tross schneller vorwärts. In die Städte mit Ochsen einzuziehen, ist eines Königs nicht würdig, sagt man.

Am Abreisetag ertönen früh die Fanfaren, als sich die Ritter und die voll beladenen Versorgungswagen in Bewegung setzen, um die Stadt zu verlassen.

Der König führt die Gruppe mit seinen engsten Vertrauten an, die Königin und ihr kleiner Sohn machen es sich in einem Reisewagen bequem.

Etwas weniger komfortabel ausgestattet ist der Wagen mit den Zofen und Bediensteten der Königin.

Francesca sieht ganz am Ende der Reihe den Wagen mit ihrem Bruder und winkt ihm zu, bevor sie einsteigt. Gut gekleidet in warme Stoffe, sitzt sie zusammen mit der Novizin Renata in diesem Gefährt.

Ab und zu reitet Ritter Mario neben ihrem Wagen her und unterhält sich durch das offene Fenster mit Renata. Immer wieder sucht er mit seinen dunklen Augen den Blick von Francesca. Sie senkt den Blick und schaut in eine andere Richtung, mehr kann sie nicht tun. Immer unangenehmer und unheimlicher wird ihr die Nähe des Mannes.

»Was will Ritter Mario eigentlich von mir? Manchmal habe ich das unangenehme Gefühl, als würde er mich mit seinen Blicken ausziehen«, klagt sie leise bei Renata. »Ach, das bildest du dir ein. Du bist dafür bestimmt, dem König zu Willen zu sein, Mario muss das akzeptieren. Ein Mann wie er kann jede Frau haben«, flüstert die Novizin mit einem Augenzwinkern zurück.

»Woher weißt du, dass ich für den König bestimmt sein soll? Was bedeutet das, sag es mir!«

»Nun, Ritter Mario hat mit mir darüber gesprochen. Er ist der engste Vertraute des Königs. Sie wurden gemeinsam aufgezogen, eine tiefe Freundschaft verbindet die beiden Männer«, plaudert Renata los. Francesca ist empört.

»Das kann er trotzdem nicht wollen. Lieber flüchte ich irgendwo hin oder sterbe vorher.«

»Du wärst nicht die erste Nebenfrau des Königs, meine Liebe. Man sagt von ihm, dass er ein wunderbarer Liebhaber sei. Ich sage dir eins, du kannst auch nach der Affäre mit einem König noch einen Mann aus dem Adel bekommen. Schau dich doch mal im Tross und bei den Rittern um!«

»Renata, willst du mir damit sagen, dass es normal ist, sich als einfaches Bauernmädchen den adligen Männern einfach so hinzugeben?«

»Ja, das meine ich so. Trau dich einfach! Probiere es selbst aus, du wirst sehen, dass es mit ihnen einen Riesenspaß macht.«

Francesca reagiert entsetzt. Von diesen intimen Dingen hat sie in der Abgeschiedenheit des Bauernhofes bisher noch nie gehört. Ihre Hände beginnen zu zittern. Sie kann das alles nicht glauben und redet weiter.

»Du bist doch eine Frau der Kirche, du willst einmal Nonne werden, wie kannst du so reden?«

»Ich war nicht immer Novizin, meine Liebe. Und Nonne will ich auch nicht werden. Manchmal muss man sich der Situation anpassen und im richtigen Moment eine gute Entscheidung treffen. Dort im Palas des Königs gingen viele Männer ein und aus, edle Ritter, Händler und auch kirchliche Würdenträger …«

»Warum trägst du dann das Gewand einer Novizin?«

»Es ist mein Büßergewand wegen meiner Vergangenheit und soll mich zukünftig schützen. Diese Buße habe ich mir selbst auferlegt. Leider hilft es nicht immer.« Renata lacht bitter und vergräbt ihr Gesicht in den Händen. Als sie wieder aufschaut, laufen ihr Tränen über das Gesicht. Vorsichtig ergreift Francesca ihre Hand und hält sie fest.

Bei einem Halt um die Mittagszeit verteilen die emsigen Helferinnen Wein und Brot an alle. Ein wenig herumlaufen tut gut, wenn man so lange sitzt und auf holprigen Wegen stundenlang unsanft durchgeschüttelt wird.

Die beiden jungen Frauen schauen sich nach allen Seiten um, schnell verschwinden sie hinter einem Gebüsch, um ihre Blase zu entleeren, ohne von den anderen gesehen zu werden. Scham empfinden sie dabei nicht.

Die ehrliche Lebensbeichte der Novizin hat sie einander näher gebracht.

Francesca überlegt sogar, ob sie sich ihr wegen ihres Bruders anvertrauen soll. Renata ist eine Verwandte von Ritter Mario, wie sie gesagt hat, und könnte für das Problem der Geschwister eine Fürsprecherin sein.

Auch der kleine aufdringliche Ritter mit der Hakennase verfolgt Francesca noch immer bei jedem Halt mit seinen Blicken. Bis zu den Büschen marschiert er in unverschämter Weise hinter ihr her und beobachtet, wie sie den Rock hebt.

Zum Glück ist Renata bei ihr, denn ihm ist wirklich alles zuzutrauen. Agatha beobachtet den jungen Kerl eine Weile aus der Ferne und grübelt, wie sie der jungen Frau helfen könnte. Sie winkt Francesca zu sich an den Wagen.

»Welche Pläne hast du für dein weiteres Leben, wenn wir in Norenberc angekommen sind? Bleibst du freiwillig beim Tross oder möchtest du dich irgendwo niederlassen? In ein Kloster gehen? Oder hast du schon einmal daran gedacht, zu heiraten?«

»Warum soll ich heiraten? Es gibt niemanden, den ich gern habe, und mit dem ich zusammen sein will«, antwortet Francesca entsetzt.

»Du wärst den gierigen Blicken und den unschicklichen Berührungen der Ritter nicht mehr ausgeliefert. Eine Ehe könnte dich zumindest vor fremden Männern schützen. Jeder muss es respektieren, dass du eine Ehefrau bist. Überlege es dir, meine Liebe. Im Laufe der Zeit nehmen sich diese Kerle immer mehr heraus. Du bist ein bildhübsches Mädchen, das entgeht keinem Mann. Vielleicht denkst du mal darüber nach, Francesca. Auch ich habe einen Grund für mein Geheimnis, das ich dir jetzt anvertraue.«

Agatha zögert noch kurz, aber nach einem tiefen Atemzug beginnt sie, ihre Lage zu erklären.

»Tonio ist nicht mein Mann, wir sind nicht verheiratet. Er ist mein Nachbar, der mich beschützt und mir mit der gemeinsamen Lüge hilft, dass ich als Frau meine Ruhe vor der Lust der Mitreisenden habe. Jeder glaubt, dass er mein Mann ist. Hast du dich nicht gewundert, dass wir beide nie zusammen in einem Zelt übernachten? Immer schläft er auf dem Wagen und lässt sich auch nicht von anderen Männern ablösen. Wir sind gute Freunde, mehr nicht.«

»Aber er könnte dich doch heiraten, ihr passt wirklich gut zusammen! Vielleicht heiratet ihr eines Tages so richtig …«

»Wir sitzen nur brav nebeneinander auf dem Bock, sonst ist bisher noch nichts passiert. Manchmal wünsche ich es mir. Ich denke, Tonio ist ein wenig schüchtern und braucht noch etwas Zeit.«

Francesca blickt Agatha mit großen Augen an. Sie will es nicht glauben, dass die beiden Frauen in ihrem Umfeld, die ihr mittlerweile nahe stehen, derartige Geheimnisse mit sich herumschleppen, die sie ihr anvertraut haben.

Nicht ganz so mühsam wie die endlosen Tage über die Alpen gestaltet sich der weitere Weg nach Norenberc.

Auch in dieser Stadt leben zahlreiche Händler und Handwerker, die den Mut hatten, aus der Armut des Landlebens auszubrechen, um dort ein besseres Leben zu beginnen. Sie wissen genau, wie das Leben in der Stadt geregelt ist. Wenn sie fleißig sind, dürfen sie für immer in der Stadt bleiben und können dort als freie Bürger leben.

Norenberc — Nürnberg 1219

Von weitem sichtbar erhebt sich die stolze Kaiserburg von Norenberc, die von Kaiser Friedrich I., Barbarossa, auf einem Sandsteinfelsen erbaut wurde. Immer wieder besuchte er auf seinen Reisen von Pfalz zu Pfalz die Stadt.

Bürger und Kaufleute versammeln sich schon seit den frühen Morgenstunden in kostbaren bunten Gewändern an den Toren der Stadtmauern, um ihren König willkommen zu heißen. Das Getrappel von vielen Pferdehufen kündigt ihn an. Huldvoll nickt er den jubelnden Menschen von seinem Pferd aus zu. Von vier Rittern wird der Wagen der Königin flankiert. Den Menschen an den Toren und Straßenrändern bietet sich ein prächtiges Bild.

Weit abseits stehen einfache Leute am Ufer der Pegnitz, struppige Menschen in schmutzigen Kleidern, die den Mut aufgebracht haben, dem Einzug des Königs und der Königin in ihre Stadt aus der Ferne beizuwohnen. Auch sie jubeln leise und fühlen sich geehrt, dass der König in ihrer Stadt weilt.

Die Vorhut von Rittern und Tross, die schon einige Tage vor dem König Einzug in die Stadt gehalten hat, bezog die Schlafplätze in der weitläufigen Kaiserburg und in deren Nähe.

Munteres Treiben herrscht in der Burg, alle sind erfreut, stolz und aufgeregt zugleich, den König und die Königin begrüßen zu dürfen.

Vorräte stapeln sich in der großen Küche, unzählige Kisten mit den privaten Dingen des Königspaares werden in deren Schlafgemach gebracht und verstaut. Überall, wo der König bei seinen unermüdlichen Reisen durch das Land Station macht, muss zur Ankunft alles penibel organisiert sein.

Unterhalb der Burg schlagen die Ritter, die den König und die Königin von Augsburg aus begleitet und beschützt haben, zusammen mit ihren Helfern die Zelte auf.

Nürnberger Händler bringen eilig in großen Karren frisches Fleisch, Gemüse und Bier zu ihnen, damit die vielen Köche und Marketenderinnen erlesene Speisen für alle zubereiten können.

Hungrige Ritter sind wegen ihrer schlechten Laune grantig, unfreundlich, also ungenießbar, sagen die, die es wissen müssen, hinter vorgehaltener Hand. Also müssen sie alle satt werden.

In den engen Gassen, etwas weiter entfernt von der Burg, zeigt sich der große gesellschaftliche Unterschied. Hier waten Hühner und Schweine tagaus, tagein im Morast herum und durchwühlen die Abfälle auf den Straßen. Exkremente, die mit Schwung aus den Fenstern entsorgt werden, vermischen sich mit anderen Abfällen. Scheußlicher Gestank nach Urin hängt in der Luft. Hier leben die Armen.

Die zahlreichen Hübschlerinnen, deren Gewand zur Erkennung ihres Standes ein gelbes Band ziert, bereiten sich auf den Ansturm vor. Weil in der Stadt zwölf Handels- und Fernstraßen zusammenlaufen, können sie eigentlich immer mit guten Geschäften rechnen. Freizügig arbeiten sie in der Nähe von Gotteshäusern und bieten den Männern für Geld ihren Körper an. Niemand nimmt Anstoß daran. Ihre Arbeit gehört zum Alltag. Die Ritter des Königs, Kaufleute und Reisende gehören zu ihrem Klientel.

Alle Einwohner der Stadt wissen, dass morgen ein ganz besonderer Tag für sie sein wird, denn Friedrich II. übergibt der Stadt Norenberc in Form einer Urkunde den großen Freiheitsbrief.

Unterhalb der hohen Burgmauer aus heimischem Sandstein sitzen Francesca und Renata zusammen am wärmenden Feuer und unterhalten sich. Während der mehrtägigen Reise wurden sie zu echten Freundinnen. Für den Abend sollen sie sich bereithalten, um im Kaisersaal die geladenen Gäste zu bedienen.

»Warum flattert die Fahne mit dem Adler oben auf dem Turm?«, möchte Francesca wissen. »Er ist das Wappentier vom schwäbischen Adelsgeschlecht der Staufer seit Kaiser Barbarossa. Nun gehört er zu seinem Enkel, unserem König.«

»Das große Fest, das hier gefeiert wird, was bedeutet es für die Stadt, Renata? Die Menschen um uns herum wirken glücklich und zufrieden.«

Lächelnd erklärt die Novizin, dass die Stadt mit der Verleihung des Freiheitsbriefes ab sofort zur freien Reichsstadt erhoben, und damit unter den Schutz der Römischen Könige und Kaiser gestellt wird. Viele Rechte beinhaltet diese Urkunde für alle Bürger, Handwerker und Kaufleute dieser Stadt.

Und mit diesem Brief bekommt die Kirche gleichzeitig ihre Flügel gestutzt. Sie wird vom bürgerlichen Leben ausgegrenzt, nur der König hat künftig das Sagen.

Die beiden Frauen besuchen auch Agatha, Tonio und Alessandro, die sich vor ihrem Zelt aufhalten. Nicht ungefährlich ist dieser Marsch, denn überall lauern an den Mauern die übelsten Kerle, um sich an die beiden jungen Frauen heranzumachen.

Selbst vor dem einfachen, kirchlichen Gewand der Novizin schrecken sie nicht zurück. Francesca ängstigt sich vor den unheimlichen Gestalten an jeder Ecke und wünscht sich plötzlich, auch ein solches Gewand tragen zu dürfen, um geschützt zu sein oder auch nur als Abschreckung.

Als sie endlich am Zelt bei dem Versorgungswagen ankommen, ziehen sie sich mit Alessandro in eine stille Ecke zurück. Francesca ist entschlossen, der Novizin noch heute die Wahrheit über ihren Bruder zu verraten.

Ihre Hoffnung ist, dass Renata einen Vorschlag hat, wie man ihm helfen kann, sich zu offenbaren. Sie weiß auch ganz bestimmt, wem man sich anvertrauen kann, um glimpflich aus der monatelangen Lüge heraus zu kommen.

Alessandro sieht seine Schwester mit großen Augen an und

nickt ihr zu. Oft haben sie im Geheimen versucht, einen guten Plan auszuarbeiten. Jetzt scheint der richtige Moment zu sein, ihn in die Tat umzusetzen, glauben beide.

»Renata, bitte erschrick nicht. Wir müssen dir etwas sagen, was uns sehr belastet. Das Problem zu lösen ist lebenswichtig für uns«, beginnt Francesca entschlossen.

»Mein Bruder ist nicht taubstumm, er ist so gesund wie du und ich. Er kann hören und sprechen.« Fragend schaut sie die Novizin an und wartet auf eine Reaktion.

Renata ist entsetzt. Mit schriller Stimme reagiert sie auf das, was ihr soeben anvertraut wurde. Wütend schaut sie zwischen den Geschwistern hin und her und ringt die Hände.

»Um Himmels Willen, was habt ihr euch dabei gedacht? Seid ihr wahnsinnig? Mit so etwas macht man keinen Spaß!«

Francesca hält den Finger vor den Mund. »Psst, bitte sei leise! Niemand hat damit einen Spaß gemacht. Es war unserem Vater todernst.«

Nach einer kurzen Pause flüstert sie: »Wir wollen nicht, dass alle unser Gespräch mitbekommen und Bescheid wissen, bevor wir eine gute Lösung für unser Problem gefunden haben.«

Jetzt schaltet sich Alessandro ein, er räuspert sich, und ringt schwer um eine Erklärung: »Unser Vater wollte mich schützen, damit die Ritter mich nicht mitnehmen, wo sie schon meine Schwester dazu verurteilt haben, mit dem Tross zu ziehen. Spontan sprach er damals bei dem Ritter Mario, dem mit der roten Narbe im Gesicht, die Notlüge aus, dass ich taubstumm sei.

Aber das war für ihn kein Grund, mich zu verschonen und bei unserem Vater zurück zu lassen. So musste ich über viele Wochen den behinderten Bruder spielen, immer verfolgt von der Angst, entlarvt zu werden. Aber wir wollen und können nicht mehr so weitermachen. Es belastet uns sehr.«

Renata kaut eine Weile auf ihrer Unterlippe herum, und als Francesca sie ansprechen will, hebt sie die rechte Hand. »Bitte warte einen Moment, ich muss in Ruhe darüber nachdenken. Die Lage ist nicht einfach, aber wir versuchen, sie zu lösen.«

Die Geschwister sehen sich ratlos an, aber ihre Augen leuchten voller Hoffnung. Erleichtert sind beide, dass sie sich Renata anvertraut haben. Sie warten gespannt auf ihren Rat, denn sie kennt offenbar viele der Ritter, woher auch immer, und den König sehr gut.

Spontan richtet sich die Novizin auf und strafft die Schultern. Ihre Entscheidung ist gefallen.»Ich rede, wenn möglich, noch heute mit Mario. Er weiß bestimmt, wie wir die Lüge aus der Welt schaffen und deinen Bruder vor einer Strafe bewahren können.«

Francesca atmet tief ein und schaut ihren Bruder an. Er stimmt zu.»Damit ist er einverstanden und wir danken dir, dass du uns helfen willst. Die einzigen Menschen, die wir noch eingeweiht haben, sind Tonio und Agatha.«

Schnell erheben sich die beiden Frauen, um ihren Dienst auf der Burg pünktlich anzutreten. Vor dem großen Tor dreht sich die Novizin nach Francesca um.»Bist du dazu bereit, dass wir uns gemeinsam dem Ritter Mario anvertrauen? Ich werde an deiner Seite sein.« Sie nimmt Francesca an der Hand und zieht sie hinter sich her.

In der Küche wird ihre Hilfe vorerst noch nicht benötigt. Deshalb schlendern sie noch einmal fröhlich in den Burghof und genießen den wunderschönen Blick von der Burgmauer auf die Stadt. Als sie sich umdrehen, sehen sie Ritter Mario alleine am Brunnenrand stehen. In seinem festlichen Gewand wirkt er nicht mehr so einschüchternd wie in seiner Rüstung.

Als würde er auf eine Verabredung warten, lehnt er an den stabilen Holzbalken des Brunnens. Renata winkt, ihre Augen leuchten vor Freude, und Sekunden später eilt er mit federnden Schritten auf die beiden Frauen zu.

»Nun, meine Damen, wie gefällt euch die Stadt?«, fragt er

mit lauerndem Blick. Francesca fühlt sich unwohl, sie runzelt die Stirn, weil er sie schon wieder von oben bis unten taxiert.

Spontan nimmt er die Novizin in den Arm, tätschelt ihr den Po, ohne Rücksicht auf ihr Ordensgewand, und flüstert ihr etwas ins Ohr. Sie schmiegt sich sehr eng an ihn, vielleicht drückt er sie auch so eng an sich. Renata kichert über das, was auch immer er gesagt hat, wie eine verliebte Frau, die sich mit einem Mann neckt. Ist sie eine echte Novizin? Ist das normal?

Dem jungen Mädchen kommt plötzlich der Gedanke, dass Renata nicht, wie behauptet die Verwandte, sondern eine Gespielin des Ritters sein könnte. Soll das Gewand nur andere Männer abschrecken, damit er sie für sich alleine hat? Sie selbst hatte doch auch schon überlegt, sich in ein Ordenskleid zu hüllen, ja, sie hatte diesen Gedanken eigentlich erst vor wenigen Stunden in Erwägung gezogen.

Im Lauf dieser beschwerlichen, langen Reise hat sie viele intime Berührungen zwischen den Rittern und mitreisenden Frauen gesehen und Dinge gehört, von denen sie bisher keine Ahnung hatte. Wie naiv war sie früher, eigentlich noch vor wenigen Wochen, auf ihrem kleinen Bauernhof gewesen.

Renata hält ihr Versprechen und berichtet dem Ritter von dem Problem, das sich der junge Alessandro ohne eigene Schuld seit der Abreise eingehandelt hat. Gleichzeitig bittet sie, den armen Jungen nicht zu bestrafen, denn sein Vater hatte in seiner Angst um den Sohn diese Notlüge vorgetragen.

Mario di Lombardia gibt sich verständnisvoll. Offenbar ist es für ihn eine Ehre, ins Vertrauen gezogen zu werden.

Nachdenklich kratzt er sich am Bart, den er zwischenzeitlich ordentlich gestutzt hat, streicht sich über die frische Narbe und verspricht: »Ich werde darüber nachdenken, was zu tun ist, um den Jungen zu schützen. Einen guten Knappen, auch wenn er bäuerlicher Herkunft ist, können wir immer gebrauchen. Mit Pferden kann er gut umgehen und die Ritter, denen er schon beim Gewanden behilflich war, sind voll des Lobes.«

Spontan legt er seine kräftigen Arme um die beiden Frauen. Es wirkt für Außenstehende vielleicht wie eine freundschaftliche Geste, aber Francesca bekommt eine Gänsehaut, weil er sie ganz fest an sich zieht, während er scheinheilig lächelt. »Ihr zwei bekommt eine Nachricht von mir unmittelbar nach dem Festmahl. Wenn die Gaukler und Minnesänger vor den König treten, treffen wir uns hier am Brunnen. Ich höre diese Gesänge so oft, dass ich heute gerne darauf verzichten kann.« Damit ist für ihn das Gespräch zunächst einmal beendet.

Francesca bedankt sich und knickst vor dem Mann, dessen Mundwinkel vor Spott zucken, weil er sich ein Schmunzeln nicht verkneifen kann. Dann wendet er sich ab. Die Novizin streicht liebevoll über seinen Arm, er zwinkert ihr zu. Gut ist, dass niemand seine schlechten Gedanken erraten kann, wenn er versucht, mit zwei Frauen auf einmal anzubandeln.

Renata wirkt plötzlich unruhig. Sie scheint noch eine Verabredung zu haben, oder?

»Ich gehe mich waschen und ziehe mir ein frisches Gewand an. Wir treffen uns später in der Burgküche«, entschuldigt sie sich bei Francesca, die auch eine kleine Kammer innerhalb der Burg zugewiesen bekam, mit einem Strohlager und einer Waschschüssel. Zimmer an Zimmer mit Renata.

Während sich Francesca noch ein paar Minuten auf dem Lager ausstreckt, hört sie von nebenan zwei Stimmen. Renata und Mario, denen offenbar nicht bewusst ist, dass sie nicht alleine in der Burg sind. Ein Liebesspiel mit der Novizin, das sind ja schöne Sitten.

Mittlerweile weiß Francesca auch, dass in den Häusern neben den Kirchen und Pfarrhäusern die Hübschlerinnen, die jedem Mann zu Diensten sind, ihr Quartier aufgeschlagen haben und die hohen Herren der Kirche dafür von den Besuchern Geld für den Sündenablass fordern.

Dass viele der Häuser sogar der Kirche gehören, die damit Geld verdient, macht sie nachdenklich. Dann kann es auch nicht verwerflich sein, wenn sich die Novizin und Ritter Mario miteinander vergnügen. Ob sie dafür auch Ablass zahlen? Der Gedanke bringt Francesca zum Lachen.

Gespannt und voller Unbehagen ist sie, wie sich ihr familiäres Problem, die lange vorgeschobene Taubheit ihres Bruders, am Abend lösen wird.

Tatsächlich kommt der Ritter nach dem Mahl angetrunken und leicht schwankend an den Brunnen im Burghof, weil er es versprochen hatte. Renata ist leider nirgends zu sehen. Als sie ihn nach ihr fragt, wischt er mit einer kurzen Handbewegung ihre Frage weg.

»Francesca«, lallt er undeutlich, »wir beide werden das Problem unter uns lösen. Dass dein Vater mich angelogen hat, um deinen Bruder zu schonen, ist gut und schön. Ich kann den ganzen Vorfall nicht einfach vergessen und habe deshalb einen grandiosen Vorschlag. Du könntest die Angelegenheit ein für alle Mal aus der Welt schaffen, wenn du mir zu Willen bist.«

Unsicher geht er auf sie zu, Francesca weicht einen Schritt vor ihm zurück. Niemand, der ihr helfen könnte, ist zu sehen. Immer näher kommt er auf sie zu, sie geht weiter rückwärts, bis sie mit dem Rücken an der Burgwand steht und nicht mehr ausweichen kann. Sie spürt seinen schlechten Atem und will es nicht glauben, was er von ihr verlangt. Was stellt sich der Mann vor?

»Ich habe euch leider nicht verstanden, Ritter Mario«, jammert sie entsetzt, »was wollt ihr von mir?«

»Nun, ich besuche dich heute Nacht in deiner Kammer, ganz einfach.«

»Warum ich? Es geht hier nicht um mich, sondern nur um meinen Vater!«

»Dein Vater interessiert mich einen Dreck! Wir beide erledigen das unter uns, dann kann dein Bruder nach unserer

Abreise in fast einer Woche plötzlich mit jedermann ganz normal reden und alles hören. Du hast es in der Hand, meine Schöne.« Er greift mit einer Hand nach ihr, um sie an sich zu ziehen. Sie rückt angewidert zur Seite.

»Warum soll er erst nach unserer Abreise in einer Woche reden dürfen?«

»Weil ich dich in der Zwischenzeit noch ein wenig als Spielzeug benutze und in der Hand habe. Jeden Abend, nach den Musikanten, komme ich zu dir in die Kammer. Die Spiele mit mir wirst du genießen. Nach dieser Woche wartest du jeden Abend sehnsüchtig auf unser Treffen und bittest mich, dass ich endlich zu dir komme. Das kannst du mir glauben, meine Schöne.«

»Wird der König auch erfahren, dass nur mein Vater gelogen hat und uns allen vergeben?«

»Das werde ich mit ihm klären. Das erfährst du noch früh genug. Willst du nun, dass die Lüge deines Vaters gesühnt wird? Ich weiß, wo deine Kammer ist. Und ich warne dich nur einmal. Wenn du die Tür verschließt oder nicht da bist, erfährt es der König auf andere Art …!«

Francesca reißt sich los und stürmt in die Burg, erstaunte Blicke folgen ihr im Gang. Aufgewühlt betritt sie ihre Kammer und verschließt schnell die Tür.

An Schlaf ist nach dem bedrohlichen Gespräch nicht zu denken. In ihrer Panik überlegt sie sogar, zu Agatha ins Zelt zu fliehen, aber in der Nacht wäre das genauso gefährlich, wie im Zimmer bei unverschlossener Tür zu liegen. Von der Novizin kann sie nach den Erfahrungen des Abends keine Hilfe mehr erwarten. Sie versucht es trotzdem.

Komplett angezogen schließt sie die Kammertür mutig auf, schaut sich nach allen Seiten um, und klopft an die Nebentür. Niemand antwortet. Als sie noch einmal etwas fester an die Tür klopft, gibt die Tür nach. Die Kammer ist leer. Wo steckt Renata schon wieder? Gibt es noch andere Männer in der Kaiserburg, die sich mit einer Novizin in der Nacht vergnügen?

Im Burghof verabschieden sich die geladenen Gäste aus der Stadt vom König und seinen treuen Rittern. Sie bedanken sich überschwänglich für die Ehre, den Freiheitsbrief von ihm, ihrem König, persönlich erhalten zu haben.

Fast alle Besucher scheinen zufrieden mit den neuen Gesetzen zu sein, insbesondere, dass die Stadtsteuer nun von allen Bürgern eingetrieben wird. Außerdem ist endlich verbrieft, dass die städtische Finanzverwaltung von den Händlern, die schon viel Erfahrung mitbringen, übernommen wird. Die kirchlichen Vertreter hingegen sind verärgert über den Inhalt, der ihnen viel Macht entzieht.

Die Ritter haben sich nach und nach zurückgezogen, die strapaziöse Reise vom Süden bis hinauf nach Nürnberg und das Bier haben sie ermüdet. Nur Friedrich II. und sein engster Vertrauter, Mario di Lombardia, stehen noch zusammen am inneren Burgtor.

Die beiden Männer, die für eine gewisse Zeit gemeinsam bei Adligen und kirchlichen Vertretern aufgezogen wurden und seit ihrer Kindheit beste Freunde sind, nutzen die Möglichkeit zu einem privaten Gespräch. Mario beginnt, zu erzählen.

»Im Tross lebt ein junger Mann, 16 Jahre alt, der vorgibt, taubstumm zu sein. Er ist es aber nicht. Heute wurde ich gebeten, die Hintergründe öffentlich zu erklären und dich, Friedrich, zu bitten, dass ihm nichts geschieht. Sein Vater brachte diese infame Lüge auf, um ihn nicht an den Tross zu verlieren.«

»Was soll meine Aufgabe dabei sein?« Friedrich sieht seinen Freund fragend an.

»Wenn du ihm offiziell vergibst, dann wird ihm nichts geschehen. Er ist ein braver Bauernsohn, groß, kräftig, und kann sehr gut mit Pferden umgehen, reiten kann er auch. Zwei deiner Ritter haben ihn, obwohl sie ihn für behindert hielten, während der Reise aus der Emilia Romagna als Knappen ausgebildet und schätzen ihn sehr.

Ihm fehlt nur noch das Waffentraining. Wie mir von ihnen berichtet wurde, interessiert er sich sehr dafür und hat häufig abends beim Training zugesehen.«

»Warum sollte ich ihm Schwierigkeiten machen wegen einer Sache, die eigentlich sein Vater in die Welt gesetzt hat? Er wird schon seine Gründe gehabt haben. Ich setze ein Schreiben auf, dass er von nun an als Knappe eingesetzt wird. Das wird genügen, um ihn zu schützen. Du wirst es dem gesamten Tross mitteilen, damit ihm nichts geschieht, hast du verstanden? Du bist dafür verantwortlich, Mario. Gute Knappen sind angehende Ritter. Die brauchen wir immer, das weißt du.«

»Ja. Gleich morgen werde ich den Jungen entsprechend einkleiden lassen und den beiden Rittern Umberto und Bruno als Knappen zuteilen.«

Friedrich gähnt herzzerreißend. »Ich gehe jetzt schlafen, das empfehle ich dir auch, Mario. Morgen gehen wir auf die Jagd. Der Falkner dressiert seit dem Sommer hier in Norenberc junge Falken. Ganz sicher gibt es Neuigkeiten im Umgang mit diesen Tieren, die ich in meine Notizen über das Falkentraining einfügen kann. Ich freue mich schon darauf. Schlaf gut!«

Dass Mario in der Nacht noch auf die Jagd nach dem schönen Mädchen aus der Emilia Romagna gehen will, treibt ihn vorwärts. Leise schleicht er sich durch die Gänge der großen Kaiserburg Norenberc, in denen mittlerweile Ruhe eingekehrt ist. Vor Francescas Kammer holt er noch einmal tief Luft, streicht sich voller Vorfreude über die Haare und klopft leise an die Tür. Dann drückt er entschlossen die Türklinke herunter, die Tür ist verriegelt.

»Na warte, du Miststück, dir werde ich es zeigen«, presst er wütend hervor. Ängstlich liegt Francesca zusammengerollt auf dem Strohlager und hält den Atem an, in der Hoffnung, dass er schnell seinen Rückzug antritt. Dann hört sie, wie an die Nebentür geklopft wird. Dort wartet die Novizin offenbar auf mitternächtlichen Besuch, denn sie ist zurückgekommen. Früh am Morgen brechen die Jäger mit dem König und einigen Rittern zur Jagd auf. Die Königin bleibt mit ihrem Sohn in der Burg, draußen ist es für ihr südländisches Empfinden zu kalt und ungemütlich.

Auch in dieser wunderschönen Stadt dürfen ausgewählte Händler der Königin ihre Waren präsentieren. Bestellungen werden aufgegeben, ausreichend Lebensmittel für die Weiterreise eingekauft und kranke Pferde ausgetauscht, damit die Reise des gesamten Trosses nach Plan verlaufen kann.

Gegen Mittag kommt Friedrich zurück in die Burg. Er legt den ledernen Handschuh der linken Hand ab und wirkt sehr glücklich. Die Dressur der Falken ist sein Metier, immer wieder ergänzt er seine Aufzeichnungen über die Beizjagd mit den dressierten Tieren.

Der Falkner in Norenberc hat gute Arbeit mit den Tieren geleistet und wird von höchster Stelle gelobt. Zwei Eier hatte er aus dem Nest geholt, sie ausbrüten lassen, und nun vertritt er bei den jungen Falken die Elternrolle.

Zwischen ihm und den Falken ist dadurch eine tiefe, lebenslange Bindung entstanden, denn er war der Erste, der sich um sie gekümmert hat. Friedrich liebt die Falkenjagd und legt Wert darauf, dass auch an seinen Wohnsitzen in Italien junge Adlige für den Umgang mit Falken ausgebildet werden.

Wie versprochen, zieht er sich in sein Amtszimmer zurück und setzt an seinem Arbeitstisch ein Schreiben auf, das den jungen Alessandro zum Knappen macht und die Lüge seines Vaters damit nichtig und vergeben ist. Dann ruft er Mario zu sich, der die Angelegenheit schnell bereinigen soll. Doch der denkt schon wieder an Francesca und hofft, sie bald für sich alleine zu haben.

»Friedrich, was hältst du von meiner Idee, dass du selbst von unserer jungen Schönen eine Wiedergutmachung einfordern kannst. Sie ist die Schwester des Knappen und würde für ihren Bruder sogar mit dem König …«

»Ich denke darüber nach.« Lächelnd wendet sich Friedrich ab, er kennt den Schwerenöter lange genug. Aber auch er ist kein Kostverächter, sondern ein Mann, der schöne Frauen nicht nur gerne anschaut.

Mario streicht suchend um die Zelte an der Burgmauer herum, in der Hoffnung, hier bei Agathas und Tonios Versorgungstrupp auf Francesca zu treffen. Richtig wütend ist er auf sie, denn sie hat ihn reingelegt.

Für seine Wünsche und Pläne ist die gemeinsame Reise lange nicht vorbei, es gibt noch viele Möglichkeiten, seinen Wunsch einzufordern, sie zu erpressen. Sie weiß ja nicht, dass es schon eine Urkunde des Königs gibt, die ihren Bruder entlastet und schützt.

Am Nachmittag sucht er den Jungen auf, um ihm mitzuteilen, was in der nächsten Zeit seine Aufgaben sein werden.

»Ich weiß alles über dich«, ruft er Alessandro zu, »komm mal zu mir, Junge!«

Verblüfft sieht sich der Junge um und folgt dem Befehl des Ritters. »Deine Schwester und die Novizin haben mir gestern verraten, was mit dir los ist. Du kannst dich freuen, denn du wirst trotz allem in den Dienst der edlen Ritter Umberto und Bruno di Reggio gestellt, die du ja bereits kennst.

Sie sind Brüder und unverheiratet. Sie stammen aus einer alten Adelsfamilie. An der Waffe wirst du, wenn wir unterwegs sind, jeden Abend ausgebildet. Hier trainieren wir noch zweimal im Burghof. Hast du mich verstanden?«

»Ja, natürlich, edler Herr di Lombardia. Ich danke Euch sehr.« Alessandro verbeugt sich ein wenig.

»Wo steckt eigentlich deine Schwester? Ich habe sie heute

noch nicht gesehen.« Mario legt den Kopf ein wenig schief und lauert auf die Antwort des Jungen.

»Es geht ihr nicht gut, sie liegt unten im Zelt bei Agatha. Möchtet Ihr, dass ich etwas ausrichte?« Ritter Mario winkt ab und ruft im Weggehen noch »Sag ihr gute Besserung! Und vergiss es nicht, ich sehe heute Abend noch einmal nach ihr …«

Francesca liegt ganz hinten im Zelt, sie hat sich vor diesem aufdringlichen Mann versteckt. Dass er in der vergangenen Nacht, als sie ihre Tür fest verschlossen gehalten hat, im Zimmer neben ihrer Kammer wieder bei Renata Quartier beziehen konnte, war nicht zu überhören.

Alessandro läuft ins Zelt und fällt seiner Schwester vor Freude um den Hals. Aufgeregt erzählt er, was er von dem Ritter erfahren hat. Wenn nur der Vater hier wäre. Wie sehr würde er sich darüber freuen.

Also hat der Ritter meinen Bruder informiert, mit der Vergebung begonnen, dann bin ich befreit, sind Francescas freudige Gedanken. Alessandro kann sein Glück kaum fassen.

»Ich habe gehört, dass der König im nächsten Jahr in Rom zum Kaiser gekrönt wird. Dann ziehen wir mit dem gesamten Tross wieder zurück zu unserem Vater, nicht wahr, Schwester?«

Francesca tritt ganz nah an den Bruder heran, wie in den vielen Wochen vorher. Sie flüstert ihm ins Ohr: »Alessandro, wir müssen hier schnellstens weg, Ritter Mario bedrängt mich immer wieder, ich habe schreckliche Angst vor ihm. Er widert mich an!«

Der Junge schweigt, er fühlt sich nicht wohl in seiner Haut. Nach einer Weile antwortet er der Schwester in weinerlichem Ton: »Jetzt bin ich Knappe und soll alles wegen dir sofort wieder aufgeben? Das ist meine große Chance! Bitte überlege es dir noch einmal mit deiner Flucht. Ich möchte unbedingt beim Tross bleiben.«

»Gut. Dann werde ich in Zukunft nur noch für mich selbst

entscheiden, was ich tun will!« Damit wendet sich Francesca traurig ab.

Hatte der Bruder den Schwur vergessen, den sie sich immer wieder während der langen Reise gegeben haben? Wie sie ihn, wenn er unter Heimweh litt, getröstet hat? Wie sie ihm Hoffnung geben wollte? Zusammen wollten sie fliehen, nach Hause zurück zum Vater, sobald sich die Möglichkeit ergibt.

Im Tross gibt es nur noch zwei Menschen, denen sie vertrauen und ihr Herz ausschütten kann. Agatha und Tonio.

Am Abend nach dem Mahl, an dem die Königin nicht mehr teilnahm, erfährt man, dass sie bereits mit einem Teil vom Tross abgereist sei.

Ein Knappe sucht in der Küche und auf den Gängen nach Francesca. Sein Auftrag ist es, sie zum König zu bringen.

Als er sie findet, fordert er sie auf, mit ihm zu den Gemächern des Königs zu kommen. Aufgeregt folgt sie dem jungen Mann. Er öffnet eine Tür und meldet sie an. Francesca versinkt in einen tiefen Knicks und murmelt dabei:»Majestät, Ihr habt nach mir rufen lassen? Hier bin ich.« Friedrich sitzt an seinem Schreibtisch und schaut das Mädchen mit großen Augen nachdenklich an.

»Mario di Lombardia hat mir von deiner Schönheit berichtet. Er hat nicht übertrieben.«

Nach einer langen Pause, in der weder der König noch die zurückhaltende Francesca ein Wort sagen, wird sie unruhig, senkt die Augenlider und streicht immer wieder verlegen über ihr Kleid.

»Majestät, was erwartet ihr von mir?«

Der König runzelt die Stirn und schweigt noch immer.»Hat Mario eine Gegenleistung von dir verlangt, damit dein Bruder von einer Strafe verschont bleibt?« Mild lächelt Friedrich, er kennt seinen Freund aus Kindertagen.

Nachdem er keine Antwort erhält und das Mädchen errötet, fragt er noch einmal.

»Ja, er wollte, Majestät, dass ich ihm …« Weiter kommt sie nicht, ihr Hals fühlt sich wie zugeschnürt an. Friedrich bemerkt es und möchte ihr zunächst weitere peinliche Erklärungen ersparen.

»Das hört sich an, als wäre sein Wunsch noch unerfüllt geblieben, stimmt es?« Dem König scheint es plötzlich doch zu gefallen, das schöne Mädchen ein wenig in die Enge zu treiben, und dann fragt er: »Würdest du mir diesen Wunsch erfüllen, damit deinem Bruder keine Strafe droht, Francesca?«

Sie hebt die Schulter, dann nickt sie zaghaft und schaut dem jungen, attraktiven Staufer in die Augen. Er ist nicht so groß wie viele seiner Ritter, aber er wirkt stark und keinesfalls schmächtig. Sein dunkler Teint steht im Gegensatz zu seinen roten Haaren. Er ist ein interessanter Mann. Einen Bart, wie sein Großvater Friedrich I., Kaiser Barbarossa, trägt er nicht.

»Du bist ein braves Mädchen, ich verrate dir etwas. Bereits am Mittag habe ich die Urkunde verfasst, in der zu lesen steht, dass deinem Bruder nichts geschehen soll. Er wird Knappe, von nun an gehört er wie du zum königlichen Tross.«

»Majestät? Was erwartet Ihr nun von mir?« Francesca getraut sich kaum zu atmen, während sie auf eine Antwort wartet.

»Vorläufig nichts. Vielleicht komme ich eines Tages auf dein pikantes Angebot zurück.« Schelmisch wirkt er und überhaupt nicht unnahbar. Er ist ein Mann, ein junger Mann …

»Sehr angenehm war es, mit dir ein wenig zu plaudern. Ich danke dir für die Abwechslung. Aber sollten wir nicht ernsthaft darüber nachdenken, dich bald zu verheiraten? Unter meinen fünfzig Männern wird doch einer dabei sein? Schau dich um und lass es mich wissen. Wir ziehen in wenigen Tagen zusammen weiter.«

»Bitte verzeiht, Majestät, darf ich noch etwas dazu sagen?«

Der König nickt und wartet gespannt, was sie noch auf dem Herzen hat.

»Gesehen habe ich alle, aber den Richtigen habe ich noch nicht entdeckt …«Dabei knickst sie artig, schaut ihn geheimnisvoll lächelnd an und verschwindet aus seinen Privaträumen. Nachdenklich streichelt er seinen kleinen Affen, der ihn auf allen Reisen in einem Käfig begleitet und ihm fast überall Gesellschaft leistet.

Am nächsten Morgen trifft Ritter Mario in der Burgkapelle auf den König, bevor sie sich wieder für die Jagd bereit machen. Im nahen Forst soll Wild gejagt und erlegt werden. Auf diese Art weiß auch die Köchin, was sie in den nächsten Tagen auf den Tisch bringt.

Das ungeduldige Kratzen der Hufe, das aufgeregte Schnauben der Pferde, die von den Knappen aufgezäumt und gesattelt bereit stehen, ist weit über den Burghof hinaus zu hören. Schnell eilen die Männer, die an der Jagd teilnehmen, herbei und sitzen auf.

Es ist ein sportliches Ereignis, kein kriegerischer Einsatz, daher tragen sie auch keine schwere Rüstung bei der Jagd. Nach den Strapazen der langen Reise sollen die Ritter auch Spaß haben, das gönnt ihnen der König.

Ein Wildschwein, ein Fasan und drei Hasen sind die Beute, die die Jäger stolz präsentieren. Sogar der König hat einen der Hasen mit Pfeil und Bogen erlegt. Für die Erlegung des Wildschweins kam nur eine Armbrust zum Einsatz. Die mit äußerster Präzision erlegten Tiere werden auf einem langen Pritschenwagen bis vor das innere Burgtor gebracht.

Francesca hilft mittags in der Burgküche und bedient, zusammen mit anderen Helferinnen aus der Stadt, die Männer im Rittersaal. Die durchdringenden Blicke von Mario und von dem kleinen aufdringlichen Ritter, der sich mit ihrem Bruder angelegt hatte, verfolgen sie auf Schritt und Tritt.

Plötzlich kommt ihr der Gedanke, dass auch er sich an Alessandro rächen könnte, weil er sich von ihm getäuscht sieht. Wie viel Wert ist das Wort des Königs, wenn es ignoriert wird und dem Bruder aus Rache oder verletzter Eitelkeit etwas Schreckliches angetan wird?

Dringend musste sie mit Alessandro reden und ihn warnen. In seiner Freude über die Beförderung zum Knappen durfte er die Gefahr durch verletzte Eitelkeit keinesfalls unterschätzen. Außerdem verfügten die Ritter über Waffen. Alessandro nicht.

Die Tage in Nürnberg, das Leben auf der Burg, wo es keine Entbehrungen gibt, verstreichen schnell. Immer ist ausreichend zu essen und zu trinken vorhanden, auch das Fußvolk fühlt sich in seinen Zelten am Rande der Burgmauern vor feindlichen Angriffen geschützt.

Nach den Strapazen der Alpenüberquerung und täglicher Angst vor Überfällen verdienen die Menschen und Tiere eine Erholungspause.

Mario di Lombardia informiert persönlich alle vom Tross, dass am nächsten Morgen die etwa achttägige Reise durch den Spessart beginnt. Ziel der nächsten Etappe ist die Stadt Gelnhausen, die 1170 von dem Großvater Friedrichs II., Kaiser Barbarossa, zur Reichsstadt erhoben wurde.

Emsiges Treiben entsteht, Kisten mit den privaten Dingen des Königs und viele Vorräte werden wieder zügig auf die Wagen gepackt, denn die Gruppe hat sich um dreißig weitere Ritter verstärkt.

Die Anzahl der Speere, Wurfäxte, Morgensterne, Armbrüste und Pfeil und Bogen erhöht der zuständige Waffenschmied. Dass man den dunklen Spessart nicht gefahrlos durchqueren kann, ist hinlänglich bekannt. Daher reist auch das Königspaar getrennt, jeweils mit einem großen Tross.

Weiterreise durch den Spessart

Alessandro ist überglücklich, schon vor der Abreise beginnt er seinen Dienst als richtiger Knappe für die Brüder di Reggio. Freudig nehmen sie die Nachricht auf, dass es sich bei ihm um einen ganz gesunden und strebsamen Jungen handelt. Sie verurteilen ihn nicht, fühlen sich nicht hintergangen, sondern sind froh, ihn bei sich zu haben. Köstlich amüsieren sich die beiden humorvollen Ritter, lachen laut und klopfen sich gegenseitig auf die Schultern. Beide können es nicht glauben, dass sie ihren tüchtigen Knappen die ganze Zeit wirklich für taubstumm hielten.

Sein altes Pferd Marrone war den Anstrengungen der weiten Reise nicht mehr gewachsen und musste leider in Augsburg zurück gelassen werden.

Die Brüder, die selbst keine Kinder haben, wollen, dass der Knappe unbedingt an ihrer Seite bleibt und ein edles Pferd reiten soll. Aus diesem Grund, und um über den Verlust seines alten Weggefährten leichter hinweg zu kommen, trösten ihn die beiden Ritter mit einem eigenen Pferd. Der Junge ist über dieses großzügige Geschenk außer sich vor Freude.

In kompletter Rüstung reitet Friedrich II., der in seiner Heimat nur Frederico Secondo genannt wird, mit seinem Tross den Burgberg hinunter. Viele Händler und Bürger jubeln ihm beim Abschied zu, denn sie haben ihm viel, ja fast alles, was ihr Leben besser macht, zu verdanken. Dass dieser charismatische König im nächsten Jahr in Rom vom Papst zum Kaiser gekrönt werden soll, ist kein Geheimnis und erfreut die Bürger. Die Ritter an seiner Seite genießen den Jubel für kurze Zeit. Außerhalb der Stadt wird es wieder ernst, rau und ungemütlich für alle. Zunächst reiten sie über weite Flächen, hier wären Angreifer frühzeitig zu sehen.

Berittene, die dem König stets als Leibwächter dienen, stecken ebenfalls in ihrer kompletten Rüstung und führen das Feld an. Aufmerksam spähen sie die Gegend nach räuberischen Gruppen aus.

Hinten auf dem Versorgungswagen sitzen Francesca und Renata, gegen die Kälte in dicke Decken eingehüllt. Pausenlos plappert die Novizin über ihre Pläne, die sie sich erfüllen will, wenn sie wieder zurück in der Heimat ist. Francesca schweigt, denn sie glaubt nicht, dass ihre eigenen Pläne, zusammen mit dem Bruder zu fliehen, überhaupt noch umzusetzen sind. Alessandro wirkt so glücklich, offenbar hat er sich mit seiner Anstellung als Knappe seinen Traum erfüllt.

Die Truppe teilt sich auf, jeder Versorgungswagen wird von sechs Berittenen flankiert, alle sind mit Speeren bewaffnet.

Neben ihnen reitet zum Schutz des Wagens auch der junge, aufdringliche Ritter. Barsch spricht er Francesca an: »Du bist mir was schuldig für die Lüge, die du mir aufgetischt hast mit deinem taubstummen Bruder. Heute Abend erwarte ich dich in meinem Zelt, dann kannst du Abbitte leisten. Bring genügend Zeit mit. Einen Ritter des Königs belügt man nicht!«

Die Novizin schüttelt den Kopf über diese Dreistigkeit und hebt beschwichtigend die Hand. »Seid vorsichtig, mein Lieber! Ich habe beste Verbindung zu Eurem Anführer und auch zum König. Den beiden wird es nicht gefallen, dass Ihr an junge Mädchen aus dem Tross irgendwelche Forderungen, zudem noch in diesem Ton stellt. Schert euch doch zum … – oh Verzeihung!« Renata schaut kurz nach oben und bekreuzigt sich mehrmals.

Francesca staunt, dass sie von der Freundin so impulsiv verteidigt wird und lächelt zufrieden. Wütend gibt der junge aufgeblasene Kerl seinem Pferd die Sporen und schließt sich den vorderen Wagen an. Vom Kutschbock aus beobachtet Agatha die Situation sehr genau.

Nachgerückt auf seine Position verneigt sich ein hübscher,

dunkelhaariger Ritter, der den Frauen bisher noch nicht aufgefallen ist. Vermutlich kam er erst in Nürnberg zu dem Tross. »Verzeiht dieses schlechte Benehmen. Ich werde dafür sorgen, dass er sich entschuldigt und sich Euch nicht mehr nähert. Mein Name ist Orlando di Mantova. Ihr steht ab sofort unter meinem Schutz.«

Sein Blick bleibt an der bildschönen Francesca hängen, die Novizin in ihrem braunen Gewand weckt sein Interesse nicht.

Gerne hätten sich die Freundinnen darüber ausgetauscht, was sich soeben zugetragen hat. Leider reitet Orlando so nah neben dem Wagen her, dass sie sich nur unter der Plane mit den Ellbogen in die Seiten puffen und die Augenbrauen nach oben ziehen.

Unbehelligt zieht die Gruppe bis zum Ende des Tages weiter. Schnell entsteht vor Einbruch der Dunkelheit eine große Zeltstadt, die Kochstellen sind schon von weitem an dem aufsteigenden Rauch und den lodernden Feuerstellen zu erkennen. Auch der König macht zusammen mit der Gruppe Quartier. Aus Sicherheitsgründen stehen die Zelte nun näher zusammen. Wachen werden verstärkt.

Die vielen hungrigen Menschen bekommen ihr warmes Abendessen von den Helferinnen und Helfern, die den ganzen Tag auf den Pferdewagen durchgeschüttelt wurden.

Während Francesca in dem großen Zelt den König und seine engsten Vertrauten bedient, trifft sie auch auf Ritter Orlando, der sich angeregt mit Mario unterhält. Sie sieht ihn wieder, als sie vor dem Zelt noch ein wenig auf und ab läuft.

Freundlich grüßt er sie, als sei sie eine Dame von Adel, und beginnt ein Gespräch mit ihr. Ihn interessiert, wie sie zu dem Tross gekommen ist und wie ihre Pläne für die Zukunft aussehen.

Geschickt windet sie sich um eine Antwort herum, denn einem Wildfremden darf man nicht erzählen, dass man bei nächster Gelegenheit die Flucht ergreifen will. Nachdem sie auch die Geschichte ihres Bruders erzählt hat, verabschiedet sie sich.

Agatha, Francesca und Renata teilen sich ein Zelt mit zwei anderen Frauen. Allerdings fehlt am späten Abend eine von ihnen. Renata hat sich zu ihrem »Verwandten«, Ritter Mario, davongeschlichen. Die Liebschaft der beiden scheint nicht ganz so geheim zu sein …

Mehrere Tage reitet Orlando di Mantova freundlich, aber sehr zurückhaltend, an der Seite des Wagens von Tonio und Agatha. Eines Morgens trägt er nicht nur seine Rüstung, sondern hält auch, wie die anderen Ritter, wieder einen Speer in der Hand.

Auf die fragenden Blicke bemerkt er: »Wir durchqueren den Spessart. Umherziehende Räuberbanden sind in diesem großen waldreichen Gebiet keine Ausnahme. Hier treiben sie ihr Unwesen und überfallen durchreisende Händler und harmlose Pilger, um sie auszurauben und bei Gegenwehr auch zu töten. Wir müssen auf der Hut sein. Alle Frauen sollten sich unter die Planen legen und verstecken. Die Angreifer nehmen keine Rücksicht auf Frauen, ihre gefährlichen Waffen sind die Armbrust sowie Pfeil und Bogen, mit denen sie aus einiger Entfernung lautlos zielen, schießen und brutal genau treffen.«

Tonio trägt als Wagenführer plötzlich eine Schutzweste und einen Helm mit Nackenschutz. Erschrocken krabbelt auch Agatha unter die schützende Plane. Als die Novizin zwei weitere Gewänder aus einem Sack hervorzieht, lacht sie fröhlich. »Das zieht ihr jetzt über eure Kleidung. Wir sind jetzt drei unförmige, fromme Nonnen.«

Agathas humorvoller Kommentar folgt sofort: »Hoffentlich glauben sie uns das auch! Ab sofort machen wir ein feierliches Gesicht, falten die Hände, murmeln Gebete und verstecken uns trotzdem vorsichtshalber.«

Orlando amüsiert sich nur kurz über das mitgehörte Gespräch und die Verkleidung der Frauen. Sofort gilt seine ganze Aufmerksamkeit wieder der Umgebung.

Der Ruf eines Käuzchens ertönt! So verständigen sich die Räuber untereinander! Der Führer hebt die Hand, sofort stoppt der Tross auf dem holprigen Waldweg. Alles bleibt ruhig, nur das Schnauben der Pferde ist zu hören. Die Aufmerksamkeit von allen gilt den Handzeichen des Anführers. Dann kommt die Entwarnung, der Marsch geht weiter. Mehrmals stoppt der gesamte Tross, die Wagen fahren eng hintereinander durch den Wald.

Stunden später treffen sie auf eine Gruppe von zehn jammernden, verletzten Pilgern und Händlern, die auf dem Weg nach Norden ausgeraubt und brutal niedergeschlagen wurden. Ihre leeren Wagen liegen umgekippt auf den schlammigen Wegen. Alle Gewürze und edlen Stoffe, die sie geladen hatten, wurden ihnen geraubt. Verschreckt stehen drei herrenlose Pferde in der Nähe.

Die Novizin, die bestens vertraut ist mit der Heilkunde, zeigt den anderen Frauen, die sich um die Opfer kümmern, wie sie die Wunden behandeln sollen. Beulen am Kopf, geschwollene Lippen und verletzte Gliedmaßen haben die Überfallenen davongetragen.

Mit vereinten Kräften stellen einige Knappen die leeren, verschmutzten Wagen auf. Die Kutschpferde werden wieder eingespannt.

Dankbar für die großartige Hilfe ziehen die Reisenden, denen die Schrecken des Überfalls noch anzusehen sind, mit dem Tross weiter durch den Spessart und genießen bei der Weiterreise den Schutz der königlichen Truppe.

Dass sie auf diese Weise den König Friedrich II. zum ersten Mal sehen, lenkt sie von den Erinnerungen an das schreckliche Geschehen ein wenig ab. Selbst ihre Versorgung übernimmt der Tross, denn von den Räubern wurden ihnen ihre gesamten Lebensmittel geraubt. Zum Glück haben alle Reisenden den Überfall überlebt. Nicht zuletzt, weil sie sich nicht wehrten.

Unterwegs bringt immer wieder das Zusammentreffen von Gruppen fremder Ritter und reisenden Händlern Unruhe in den Tross. Nachdem sich herausgestellt hat, dass sie alle harmlose Teilnehmer des Hoftages von Gelnhausen sind, zu dem der König eingeladen hat, begrüßen sie sich freundschaftlich. Täglich wächst die Gruppe, weil sich Adelige sternförmig aus verschiedenen Gebieten anschließen. Die brutalen Raubritter aus dem tiefen Spessart haben wohl die Übermacht und Stärke erkannt und sich für eine kurze Zeit zurückgezogen.

Die Zeltlager sind groß, und man erfährt am Abend von denen, die den Ablauf der Reise kennen, dass am nächsten Tag die von Kaiser Barbarossa 1170 gegründete Reichstadt mit der schönen Kaiserpfalz erreicht wird.

Am Lagerfeuer erzählt der König mit Stolz, dass die Pfalz und diese Stadt der Lieblingsplatz seines so früh verstorbenen Vaters, Heinrich VI., gewesen sei. Er war sein Vorbild, denn auch er liebte abends nach dem Mahl den Minnesang, verfasste eigene Gedichte und wollte, wie er, die Welt verbessern.

Sehr streng muss er regiert haben und verstarb im Alter von nur einunddreißig Jahren während der Vorbereitung zum vierten Kreuzzug nach Jerusalem. Ob er wirklich eines natürlichen Todes durch eine ansteckende Krankheit oder durch einen kaltblütigen Mord starb, ließ König Friedrich offen. Er selbst war damals erst drei Jahre alt.

Friedrichs Frau Konstanze, die denselben Vornamen wie seine Mutter trägt, befindet sich zu diesem Zeitpunkt schon zusammen mit ihrem Sohn auf der Burg Münzenberg. Dem Trubel, der anlässlich des Hoftages in Gelnhausen mit zahlreichen Rittern und Adeligen stattfinden soll, entgeht sie damit.

»Zu Mittag sind wir da«, stolz ruft es der König aus und deutet auf eine bewaldete Hügelkette, besiedelt mit Häusern am Hang. Seite an Seite reitet er mit seinen treuen Gefährten

Mario und Orlando auf die Insel zu, die von drei Seiten zu erreichen ist. Umarmt von dem Fluss Kinzig steht die stolze Pfalz auf 12.000 Eichenholzpfählen. Vorgelagert, an der Burgmauer, stehen kleine Häuser, die den eigenen Ort ›Burg‹ bilden.

Die mitgereisten Pilger und Händler bedanken sich bei dem König und seinen Rittern für den Schutz, der ihnen nach dem Überfall im Spessart bis nach Gelnhausen gewährt wurde und ziehen weiter. Andere Händler bringen ihre Waren in eine Halle, um wenige Tage später weiter auf einem der Fernhandelswege zu reisen.

Majestätisch reitet der König durch das große Tor in die fantastisch ausgestattete Torhalle, die mit kunstvollen Kapitellen versehen ist.

»Dass sich Euer Vater in diesen Ort verliebt hat, verstehe ich schon jetzt«, bemerkt Orlando, der zum ersten Mal dabei sein darf. Er sitzt ab, übergibt sein Pferd dem wartenden Knappen, schlendert an der Front vom Palas entlang und bewundert die außergewöhnlich präzisen Steinmetzarbeiten.

»Der Torturm wurde auch an der richtigen Stelle erbaut«, bemerkt Ritter Mario und deutet nach rechts. »Ihr solltet Euch die Gegend von oben anschauen, kein Wunder, dass hier der Handel blüht. Wälder, Holz, Weinberge, so weit das Auge reicht. Einige Fernhandelswege, wie auch die Via Regia, die nicht nur Frankfurt am Main mit Thüringen verbindet, führen durch die Stadt.«

Orlando wendet sich an den König, der in der Zwischenzeit von Pferd gestiegen ist und seine Bediensteten begrüßt. »Ich bin gespannt, was diese Reichsstadt, die Euer Großvater gegründet hat, noch an Geheimnissen und Überraschungen zu bieten hat.«

Die Novizin und Francesca staunen ebenfalls über die prächtige Anlage, in der es an nichts fehlt. Sogleich bekommen sie den Hinweis, dass sich die Küche im Untergeschoss befindet und sie nach Sonnenuntergang dort erwartet werden. Freude über die Ankunft des Königs mit seinem Tross herrscht überall.

Der Burgvogt, der für die Verwaltung der Burg, auch während der Abwesenheit des Herrschers, zuständig ist, kommt rasch angelaufen und verbeugt sich mehrmals unterwürfig.

»Majestät, wie sehr freuen wir uns, dass Ihr gesund durch Euer großes Reich gereist und wohlbehalten angekommen seid.« Er ist jemand, der gerne viel redet und Lob einheimsen will.

»Majestät, alle Einwohner fühlen sich sicher in Eurer Stadt, sie sind glücklich, wenn sich die Kaiser und Könige in der Pfalz eine Weile aufhalten. Besonders stolz sind sie, dass in dieser Zeit das Zentrum der Macht in ihrer Stadt liegt.«

Friedrich schmunzelt »genug, genug«, und winkt müde ab. Um die Pferde kümmern sich die Knappen, die edlen Ritter dürfen sich bis zum Sonnenuntergang zurückziehen. Auf der anderen Seite der Burg, auf der großen Wiese, die aussieht, als werde sie von der Kinzig umarmt, stehen zahlreiche Zelte und Wagen. Einige der Ritter, die in den nächsten Tagen erwartet werden, bekommen ihr Quartier in der Stadt.

Am Abend lädt der König die Ritter und hochrangige Bürger der Stadt in den Rittersaal zu einem fröhlichen Zusammentreffen ein. Renata, noch immer in der strengen Kleidung der Novizin, und Francesca als Marketenderin, kümmern sich aufmerksam um die Gäste, damit deren Becher stets gefüllt sind. Üppiges Essen und eine gute Unterhaltung durch Spielleute, die singen, auf ihren Lauten und Flöten musizieren, finden Gefallen bei den geladenen Gästen.

Es folgt der Minnesang für schöne Frauen, sogar der König trägt wieder eines seiner selbst verfassten Gedichte vor und singt ein Lied. Mario beobachtet Francesca, er hält intensiven Augenkontakt und winkt sie immer wieder zu sich, um seinen

Becher füllen zu lassen. Während sie einschenkt, greift er lustvoll nach ihren Rundungen.

Selbst Friedrich fällt es unangenehm auf. Er nimmt sich seinen Freund zur Seite und bittet ihn, sich ein wenig zurückzuhalten.

»Wenn du sie tätschelst und begrapschst, dann glauben die anderen Ritter, es auch zu dürfen. Wir wollen sie schützen.«

»Warum sollten wir das tun, Friedrich? Sie wird bald dir und danach mir gehören und wenn es jeweils nur für eine Nacht ist. Danach kann sie jeder haben.« Mario gibt nicht auf, obwohl er auch mit der Novizin ein Verhältnis hat.

Gegenüber sitzt Orlando di Mantova und genießt das Fest mit dem üppigen Essen nach den Entbehrungen der letzten Zeit. Auch er lässt sich immer wieder von Francesca den mit Wasser verdünnten Wein in den Becher einschenken. Das Gespräch zwischen dem König und Ritter Mario hat er gehört und schämt sich insgeheim für die lockeren Sprüche, bei denen es um das schöne Mädchen geht.

Nachdem alle Gäste das Fest verlassen haben und die Tore zur Burg geschlossen sind, trifft er im Gang vor dem Rittersaal auf das Mädchen. Bevor er ein paar Worte mit ihr reden kann, läuft Friedrich ein wenig schwankend auf ihn zu.

»Bring sie schnell zu mir, Orlando, ich brauche heute Nacht ein junges Weib in meinem Bett«, raunt er ihm zu und geht langsam zu seinen Privaträumen im Obergeschoss.

»Ich habe es geahnt, er vergisst mich nicht. Wie komme ich aus dem Teufelskreis heraus, ohne den König zu beleidigen?« Mit traurigen Augen schaut Francesca den Ritter an. »Könnt Ihr mir helfen?«

Orlando schüttelt den Kopf. »Ihr solltet Euch vermählen, dann seid Ihr für solche Forderungen tabu. Selbst wenn Ihr das Gewand einer Novizin tragt, wird man versuchen, Euch zur Geliebten, auch gegen euren Willen machen.« Francesca weiß, dass er Renata meint.

Er atmet tief durch. »Kommt, ich bringe Euch zu ihm, ich muss es tun. Verweigert Ihr seinen Befehl, werden wir beide mit einer Strafe belegt.« Und leise fügt er hinzu »Friedrich kann auch sehr grausam sein.«

Francesca folgt ihm widerwillig in die Gemächer des Königs. Bis zur Tür begleitet er sie. Dann wendet er sich enttäuscht ab, mit Tränen in den Augen. Er ahnt, was passieren wird.

Ein dünner Vorhang hängt von der Decke um das Bett herum. Auf einer Seite ist er ein wenig zurückgeschoben und gibt den Blick frei. Friedrich liegt, nur mit einem kurzen Leinenhemd bekleidet, auf dem großen Bett.

Langsam nähert sich Francesca. Beide Arme streckt er ihr entgegen und zieht sie neben sich auf das Laken. Geschickt öffnet er die Bänder an ihrem Kleid, zieht es ihr über den Kopf, und beginnt, sie am ganzen Körper zu streicheln. Doch sie legt sich steif neben ihn. Friedrich ist ein äußerst attraktiver Mann, aber woher soll sie wissen, was er von ihr erwartet? Nach einer Weile verliert er die Lust an dem einseitigen Liebesspiel, knurrt genervt, dreht sich zur Seite … und schnarcht.

Langsam, wie in Zeitlupe, krabbelt Francesca aus dem Bett, um ihn nicht aufzuwecken. Einen Moment lang schaut sie sich den schönen, mächtigen Mann an, der halbnackt vor ihr liegt. Sie sucht ihre Kleidung zusammen und zieht sich notdürftig an. Als sie leise die Tür hinter sich schließt und auf den Gang hinaustritt, steht Orlando vor ihr.

»Ich habe hier auf Euch gewartet. Hat er seinen Willen bekommen?«, fragt er leise. »Nein, er ist vorher eingeschlafen. Ich hatte Glück.«

»Ihr müsst Euch vor Ritter Mario in Acht nehmen. Er schläft ganz bestimmt nicht ein, wenn Ihr auf seiner Bettkante sitzt.«

»Ich weiß es und deshalb habe ich panische Angst vor ihm.«

Orlando geht einen Schritt auf Francesca zu und möchte sie in den Arm nehmen, doch plötzlich dreht er sich um und wünscht ihr eine gute Nacht. Die Angst vor seinen eigenen Gefühlen und sein Respekt gegenüber dem Mädchen lässt ihn schnell sein Quartier aufsuchen.

Renata und Francesca teilen sich eine Kammer, wie schon oft, aber die Novizin teilt ihr Lager in dieser Nacht mit jemand anderem. Gegen Morgen betritt sie leise die Kammer, zieht sich aus und schläft gleich ein. Francesca liegt noch lange wach.

Das Ritterturnier – Frühjahr 1220

Turbulent geht es schon früh am Tag auf der großen Wiese zu, wo die Pferde und deren Pfleger in Zelten untergebracht sind. Dieser weitläufige Teil der Kinzig-Insel wird für ein Ritterturnier, das in wenigen Tagen stattfinden soll, vorbereitet. Die jungen Knappen trainieren den Kampf mit dem Schwert, das Axtwerfen und üben sich im Reiten mit dem Speer.

Auch Alessandro lernt das Reiten mit Sattel auf seinem Pferd und darf erstmalig ein Schwert führen. In die rechte Hand muss er es nehmen, doch der Junge wechselt immer wieder in die linke Hand. »Mamma mia, non la sinistra«, nicht die Linke, ruft »sein« Ritter Bruno. Alessandro ist ein Linkshänder, das bringt ihn beim Training in Schwierigkeiten, niemand hat es bisher bemerkt. Linkshändigkeit ist nicht erwünscht, sie ist verpönt!

In der Zeit, in der viele Männer auf dem Turnierplatz mit Waffen und Pferden trainieren, unternehmen Agatha, Renata und Francesca einen Spaziergang in die Stadt. Eine freundliche Einheimische läuft mit ihnen, um alle Sehenswürdigkeiten zu zeigen und Wissenswertes über die Stadt zu erzählen. Renata übersetzt das Gespräch.

An zwei großen, am Hang gelegenen Marktplätzen kommen sie vorbei, viele unterschiedliche Waren werden dort angepriesen.

Am Mittenmarkt staunen sie über das reiche Angebot von Brot und Fleisch. Nur eine Straße weiter, durch ein kleines Gässchen verbunden, stehen sie entzückt auf dem Obermarkt vor einem Haus, in dem die edlen Waren, wie feines Linnen, Brokat, Pelze, Pfeffer, Nelken, Muskat, Öle und Weihrauch, Waren der durchziehenden Händler, angeboten werden.

Aufgrund des Stapelrechts haben alle Bürger die Möglichkeit, die hier angebotenen Waren der fremden Händler zollfrei zu erwerben. Dafür genießen die durchziehenden Reisenden während ihres Aufenthaltes den Schutz der Stadt in ihren Mauern.

Sehnsüchtig betrachten die Frauen die vielen dargebotenen Waren. Niemals zuvor haben sie eine solche Auswahl gesehen. »Einen Pelz, den würde ich mir zuerst wünschen. Der würde mich besser vor der Kälte schützen«, ruft Francesca.

»Vielleicht bekommst du einen Pelz, wenn du mal heiratest, meine liebe Freundin. Aber ein einfacher Bauer kann dir das nicht bieten.« Will ihr Renata wohl auch eine Heirat schmackhaft machen?

»Warum wollen mich alle verheiraten? Mir geht es gut, so wie es ist«, jammert Francesca.

»Man wird sehen, was die Zukunft bringt, lass dich einfach überraschen.« Der merkwürdige Gesichtsausdruck der Novizin fällt ihr auf. Sie weiß immer alles vor den anderen. Was das wohl zu bedeuten hat?

Zwischen dem Obermarkt, wo die Waren der reisenden Händler für einen Tag gelagert werden, und der Marienkirche auf der anderen Seite der kleinen Pfarrgasse, befindet sich die engste Stelle der Via Regia zwischen Frankfurt und Leipzig. Alle Wagen müssen zur Weiterfahrt nach den Maßen der engsten Stelle gepackt werden, sonst können sie auf dem Weg nicht weiterreisen. Das gültige Maß aus Stahl ist die ‚Elle' und hängt jeweils an einer Seite der Gasse, an einem Lagerhaus und an der Kirche.

Wie im Paradies fühlen sich die drei Frauen in der Stadt, in der es so viele unbekannte Dinge gibt, von denen sie nicht einmal geträumt haben. Sogar Münzen, die in der Stadt geprägt wurden, zeigt man ihnen in dem engen Gässchen zwischen den beiden Marktplätzen auf ihrem Streifzug.

Sie erfahren auch, dass es keinen Wassermangel gibt, denn

der Fluss führt stets ausreichend Wasser. Einige der Stadthäuser verfügen sogar über eigene Brunnen.

Am Ufer der Kinzig, unweit der Insel, sehen sie, wie Baumstämme aus den umliegenden Wäldern auf flache Schiffe verladen werden, um über den Main und den Rhein bis an die Nordsee zu gelangen.

Bei der einheimischen Frau, die sich als die Köchin der Pfalz vorgestellt hat, bedanken sich die drei Damen ganz herzlich und stellen übereinstimmend fest, dass es sich hier in der kleinen Stadt wunderbar leben lässt.

Francesca, die achtzehn Jahre lang auf dem kleinen Bauernhof gelebt und schon in frühester Jugend körperlich schwer gearbeitet hat, wo es keinerlei Komfort gab, wünscht sich, hier mit ihrem Vater und dem Bruder für immer zu leben. Sichtbaren Wohlstand, den der Handel und das Umland mit sich bringen, gibt es in ihrer Heimat nicht.

»Ich könnte mir vorstellen, hier zu leben«, unterbricht die Novizin die Gedanken von Francesca. Agatha nickt und meint: »Glaubt ihr, dass wir mit dem Leben an diesem fremden Ort, weit entfernt von der Heimat, zurecht kommen würden? Mit einer anderen Sprache, die wir noch erlernen müssen?«

Novizin Renata lacht und zeigt dabei ihre schönen Zähne: »Mit dem richtigen Mann, vielleicht mit Wohnsitz in der Pfalz, würde ich zustimmen.«

Francesca schüttelt ungläubig den Kopf und neckt sie: «Denkst du an einen bestimmten Mann?« »Vielleicht …«

Beim Essen am Abend ist die Tafelrunde wesentlich kleiner, ohne auswärtige Gäste. Jedes Mal, wenn Francesca an den Tisch des Königs kommt, um Getränke nachzuschenken, errötet sie. Friedrich hingegen verhält sich so, als sei überhaupt nichts geschehen. Besonders aufregend war es für ihn offenbar nicht. Vielleicht hat er den Besuch völlig vergessen …

Mario schaut zwischen beiden hin und her und vermutet,

dass sie noch keinen intimen Kontakt miteinander hatten. Er würde das sofort wittern. Müde scheint er vom Training der Knappen mit den Waffen zu sein, Francesca schenkt ihm keine Aufmerksamkeit. Nur Orlando, der hübsche junge Ritter, kann seine Verliebtheit kaum verbergen. Immerzu schaut er sie liebevoll an. Nachdem die Spielleute abgezogen sind, unternimmt er im Innenhof der Pfalz noch einen Spaziergang und trifft dabei auf Francesca.

»Wie geht es Euch?«

Verschämt antwortet sie: »Danke, es geht mir gut.« Peinlich sind ihr noch immer die Einladung des Königs und das Ende. Dass ausgerechnet Orlando sie zu ihm bringen musste und dann, wie zu einem weiteren arrangierten Treffen im Flur auf sie gewartet hat …

Neben der dicken Platane stehen die beiden jungen Leute, die von ihrer Herkunft niemals zueinander finden dürfen, und schauen sich sekundenlang in die Augen.

»Ich bin nicht wie die anderen Ritter, die sich einfach die Frauen nehmen, die sie wollen. Ich achte alle Frauen, so wurde es mir schon als kleiner Junge vorgelebt. Ihr gefallt mir sehr, ich respektiere, wenn Ihr mir ablehnend gegenübersteht. Eines habe ich heute erfahren und Ihr sollt es wissen, dass der König Euch schnellstens vermählen will.« Orlando schaut sie traurig an, er weiß mehr.

»Warum soll ich vermählt werden?« Es klingt in seinen Ohren wie ein unterdrückter Schrei.

»Damit Ihr künftig geschützt seid vor Angriffen. So manchen Mann inspiriert Eure Schönheit …«

»Wenn Ihr alles so genau wisst, dann sagt mir bitte, mit wem ich verheiratet werden soll!«

»Nun, Francesca, Ihr werdet es sowieso bald erfahren, es ist kein Geheimnis. Ich bin es leider nicht. Der König möchte Euch mit Mario di Lombardia vermählen. Bald. Offenbar hat er um Eure Hand angehalten.«

»Nein! Warum gerade er? Der Mann, der mich schon seit Wochen demütigt und verfolgt? Wie kann ich so einem Mann eine gute Ehefrau sein?« Die junge Frau hält sich die Hände vor das Gesicht und weint.

Orlando sieht sich nach allen Seiten um, dann zieht er sie an sich und nimmt sie zärtlich in den Arm. Sie wehrt sich nicht. Minutenlang stehen sie wortlos zusammen.

Geräusche lassen sie aufhorchen, schnell lässt er sie los. Durch die Torhalle schlendern die Novizin und Ritter Mario Arm in Arm ins Innere der Burg. Francesca dreht sich um und geht.

Zurück in der gemeinsamen Kammer versucht Francesca, der Freundin weitere Neuigkeiten zu entlocken. Wurden sie von den beiden gesehen, als sie eng beieinander standen? Nein, zum Glück nicht.

Ein anderes Thema interessiert die Novizin mehr. Sie weiß, dass Ritter Mario mit Francesca verheiratet werden soll. Große Probleme bereitet ihr das nicht, sie reagiert großzügig, denn Mario habe stets mehrere Eisen im Feuer. Und sie, Renata, gehöre als seine Nummer eins immer dazu.

Am liebsten würde Francesca entsetzt zu ihrem Bruder laufen und ihm alles erzählen, ihn um Hilfe bitten. Aber sie will ihn nicht mit ihren Problemen belasten. Alessandro beginnt als Knappe gerade sein eigenes Leben, zufrieden ist er mit seinem Schicksal und wünscht keine Änderung.

Deutlich genug ließ er sie wissen, dass er bei seinen Rittern und dem Tross bleiben will. Das Thema einer gemeinsamen Flucht existiert nicht mehr für ihn.

Auch Agatha und Tonio kann sie nicht in ihre mutigen Pläne einweihen, das ist einfach zu gefährlich für alle. Niemandem wird sie es erzählen, denn nur so kann eine spontane Flucht gelingen. Die Sache ist entschieden.

Lange kann sie nicht mehr mit der Umsetzung ihres Plans warten. Wenn der König sein Machtwort gesprochen hat, gibt es für sie kein Zurück mehr. Und Mario, das weiß sie sicher, würde sie, wenn er sie bei der Flucht erwischt, mit seinem Hass bis ans Ende der Welt verfolgen.

Flucht aus der Kaiserpfalz

Am nächsten Tag findet das große Ritterturnier statt, viele Besucher werden bei frühlingshaften Temperaturen erwartet. Ihren Fluchtplan hat sich die junge Frau zurechtgelegt. Das Fest bietet sich als der ideale Zeitpunkt an. Niemand wird es bemerken, dass sie geht.

Aus der Truhe in der Kammer nimmt sie ein Novizinnenkleid von Renata heraus und packt es in einen kleinen Sack. Bei einem Besuch in der Küche lässt sie heimlich ein paar Brote verschwinden, einen geringen Wasservorrat, der in einem Schlauch in der Kammer lagert, stopft sie zu den Vorräten.

Am Rand der Kinzig-Insel entdeckt sie hinter Bäumen, an einem dichten Strauch angebunden, ein edles, gesatteltes Pferd. Welch ein Glück! Mit ihm könnte sie die Kinzig-Insel viel schneller verlassen. Francesca läuft langsam in seine Richtung und schaut sich gründlich um.

Die Besucher des Spektakels stehen alle, mit dem Rücken zu ihr, fasziniert am Turnierplatz und jubeln laut mit den Siegern. Das ist ihre Chance. Sie bindet das fremde Pferd los, tätschelt es am Hals, sitzt auf und verlässt im langsamen Tempo die Insel. Als sie außer Sichtweite ist, treibt sie das Tier an und galoppiert, so schnell sie kann, weg aus der Stadt.

Am Waldrand verringert sie das Tempo und stellt erleichtert fest, dass ihr niemand gefolgt ist. Sie hält an, sitzt ab, verknotet die Zügel am Sattel, damit das Tier nicht hinein tritt und sich dabei verletzt. Mit einem Klaps jagt sie das Pferd zurück in die Richtung, aus der sie gekommen sind. Das Tier findet wieder zurück, da ist sie ganz sicher. Zu Fuß wird sie keine verräterischen Spuren für etwaige Verfolger mehr hinterlassen.

Dass sie sich alleine auf dem Weg in den düsteren Spessart befindet, jagt ihr keine Angst ein. Falls es wirklich Verfolger gibt, werden sie nicht dort nach ihr suchen, wo sich die brutalen Raubritter aufhalten. Schlimmer als nach einer Heirat mit Mario kann es bei einer Begegnung mit ihnen auch nicht werden.

Sie orientiert sich am Stand der Sonne, denn der Weg nach Süden ist ihr Ziel.

Das entwendete Pferd

Auf dem Turnierplatz nähert sich die spannende Veranstaltung der kämpfenden Ritter dem Ende zu. Dem Gewinner des Turniers winkt als Preis für den Sieg ein wunderschönes Pferd. Es wurde als Überraschung hinter einem Busch versteckt. Dass Francesca gerade diesen Hauptpreis für ihre schnelle Flucht »ausgeliehen« hat, fällt zunächst nicht weiter auf. Es wird in dem Trubel nicht vermisst und findet tatsächlich alleine zurück zu seinem Platz hinter dem Gebüsch. Es wurde auf dieser Wiese jahrelang ausgebildet und kennt sich dort aus.

Brav und unaufgeregt beginnt es in aller Ruhe zu grasen, als hätte es den kurzen Ausflug nie gegeben. Aber dass das Tier nach dem wilden Ritt nass geschwitzt auf der Wiese steht, stellt den Spender vor ein Rätsel. Das ist ihm sehr peinlich.

Der Gewinner nimmt es freudig entgegen, allerdings führt er das nasse Fell besorgt auf eine beginnende Krankheit des Tieres zurück. Er freut sich trotzdem über den Preis und spricht mit niemandem über seine Vermutung. Langsam tritt er den Heimweg in den Nachbarort an und hofft, dass es seinem Ross bald wieder besser geht. Zuhause im neuen Stall frisst es gut, dann kann es nichts Schlimmes sein, denkt er.

Für die Besucher und die teilnehmenden Kämpfer werden Getränke ausgeschenkt, aber Francesca ist nicht unter den Marketenderinnen zu finden. Erst als sie am Abend nicht in der Küche erscheint, machen sich die Frauen Sorgen und auf die Suche nach ihr.

Zuerst fragen sie bei Agatha und Tonio nach. Beide zeigen sich überrascht, dass sie ihren Dienst nicht angetreten hat. Leider können sie nicht weiterhelfen.

Auch ihr Bruder wird befragt, ob er weiß, wo sich seine Schwester aufhält. Glücklicherweise wurde er nicht in die

Pläne seiner Schwester eingeweiht. Aus diesem Grund muss er auch niemanden anlügen.

Da auch ihm die Gerüchte einer Verheiratung mit Ritter Mario zu Ohren gekommen sind, macht er sich seine eigenen Gedanken. Er befürchtet das Schlimmste, aber er schweigt.

Mutterseelenallein im Spessart

Die Sonne ist längst untergegangen, als Francesca alleine durch den unheimlichen Wald stapft. Weit weg will sie von den bösen Menschen, die ihr Leben bestimmen wollen. Aus Angst, dass sie in der Dunkelheit im Krcis läuft, unterbricht sie den Marsch durch den Wald. Zum Schutz gegen die Kälte zieht sie alle Kleider an, die sie in der Eile in den Sack gestopft hat. Zuletzt schlüpft sie in das Gewand der Novizin.

Erschöpft setzt sie sich auf den kalten Waldboden, lehnt sich an einen Baum, um sich noch einen Bissen Brot und ein wenig vom Wasser zu gönnen. Dann sinkt sie in einen leichten Schlaf.

Geweckt wird sie bei Sonnenaufgang von zwitschernden Vögeln. Eilig hängt sie den Sack mit ihren wenigen Vorräten über die Schulter und versucht, die Himmelsrichtung, in der ihre Reise weitergehen soll, auszumachen. Ihre Haube ist ihr längst vom Kopf gerutscht. Vorsorglich verstaut sie das Stückchen Stoff, das sie vor Gewalt durch Raubritter schützen könnte, bei ihren wenigen Habseligkeiten. Wenig später setzt sie es wieder auf, als ihre Ohren von der Kälte schmerzen.

Francesca wird vermisst

In der Pfalz weiß man nun sicher, dass die junge Frau mit ihrem Bündel die Burg verlassen hat. Aber wohin, in welche Richtung, hat sie sich abgesetzt? Orlando läuft schon früh am Morgen mit einigen Knappen durch die Stadt, sie suchen auf den beiden belebten Märkten nach ihr und hoffen, sie zu finden.

Vielleicht hat sie einen der Händler, die nach Osten oder Westen weiterziehen, gebeten, sie mitzunehmen? In dem Lagerhaus fragt er bei durchziehenden Händlern nach, die an dem Tag die Stadt wieder verlassen. Niemand kennt die gesuchte Francesca. Pilgergruppen, die durch die Stadt ziehen, spricht er an, leider ohne Erfolg.

Orlando grübelt und macht sich Sorgen. Sie könnte auch in den Wald, oberhalb der Stadt, geflüchtet sein. Im Norden führt der Weg zur Burg Büdingen, dort gewährt man Reisenden oder Verfolgten mit Sicherheit Unterschlupf.

Wo auch immer sie sich versteckt, wie soll man sie finden, und warum zurück zum König bringen, wo sie eine doppelte Strafe erwartet, nämlich eine für die Flucht und eine weitere – die Hochzeit mit Ritter Mario.

Letztendlich hofft Orlando, dass es ihr gut geht und sie nicht gefunden wird.

Die Sache mit der Flucht sieht Mario etwas anders. Für ihn bedeutet es die zweite empfindliche Niederlage innerhalb kürzester Zeit, die ihm diese Frau zugefügt hat. Anstatt aufzugeben, fühlt er sich durch ihr Verhalten provoziert und startet seinerseits eine ausführliche Suche.

Renata erzählt ihm, ganz ohne Hintergedanken, von den verliebten Blicken des jungen Ritters Orlando, die sie bemerkt hat. Das stachelt einmal mehr seine Eifersucht an, und nun will er sich auch an Orlando rächen, der keine Schuld an dem Verschwinden hat.

Mit Friedrich führt er ein kurzes Gespräch, in dem er darum bittet, nach Francesca suchen zu dürfen, zusammen mit Orlando. Dieser junge Kerl soll zusehen, wie er, Mario, selbst seine flüchtige Braut findet, sie innig küsst, fest in die Arme schließt und die Wehrlose zurück auf die Burg bringt.

Die Pferde der beiden werden herangeführt, die Männer sitzen auf. Mario kann sich ein triumphierendes Lächeln nicht verkneifen, als sie durch die prächtige Torhalle nach draußen reiten.

»Welchen Weg habt Ihr ausgewählt?« Orlando fühlt sich überhaupt nicht wohl bei dem Gedanken, hinter der jungen Frau herzureiten und sie mit Gewalt zurück zu bringen. Seine Meinung dazu verschweigt er.

»Wir reiten nach Süden«, kommt es brummig zurück.

»Durch den Spessart?«

»Wir werden nicht durch den ganzen Spessart reiten, wir finden dieses Frauenzimmer vorher.« Mario glaubt fest daran.

Am Waldrand entdecken sie frische Hufspuren, die abrupt enden. »Hat sie am Ende ein Pferd gestohlen, um zu fliehen? Aus unserem Stall? Das ist unmöglich! Die Knappen hätten es mir gemeldet.« Er reagiert immer ungehaltener und rätselt ...

»Aber warum hören die Hufabdrücke hier auf? Sie scheinen wieder zurück zu führen. Was macht das für einen Sinn?«

Orlando schweigt, denn alles, was er sagen würde, wäre sowieso falsch in den Augen seines Vorgesetzten.

»Es sieht aus, als habe der Reiter sein Pferd gewendet. Jemand anderes muss hier entlang geritten sein.« Mario grübelt kurz.

Stundenlang durchsuchen sie den Waldrand und dringen ein Stück in den Spessart vor. »Sie kann sich doch nicht in Luft aufgelöst haben«, wettert Mario.

»Vielleicht konnte sie auf einem Wagen der Händler nach

Frankfurt oder Leipzig mitfahren. Zwischen den zahlreichen Waren kann man sich gut verstecken«, gibt Orlando zu bedenken, obwohl er ganz anderer Meinung ist.

»Wir werden noch ein Stück weiter in den Wald hinein reiten. Vor dem Territorium der Raubritter reiten wir zurück, es ist nicht mehr weit. Wenn sie dort gelandet ist, wird sie sich wünschen, niemals ausgerissen zu sein …«

Mario gibt seinem Pferd die Sporen und lässt seine Wut an dem armen Tier aus. Das Pferd wehrt sich auf seine Weise und beginnt zu buckeln. Gerade schafft er es noch, sich im Sattel zu halten und bemerkt offensichtlich selbst, dass er überreagiert in seiner verletzten Eitelkeit.

Im Gebiet der Raubritter

Erschöpft setzt sich Francesca neben einen Busch. Plötzlich registriert sie auf der anderen Seite eine Bewegung und hört das Rascheln von trockenen Blättern. »Jetzt ist es vorbei, die Räuber aus dem Spessart haben mich entdeckt«, denkt sie vor Schreck, aber da kommt eine Gestalt auf sie zu, die keinesfalls wie ein Räuber aussieht. Eine ältere Frau, in sehr abgetragener Kleidung, die ihr viel zu groß ist, steht vor ihr.

Francesca versteht ein paar Worte und Gesten der Frau, die ihr mit der Hand zeigt, dass sie keine Angst vor ihr zu haben braucht und ihr folgen soll. Nicht weit entfernt, versteckt hinter dicken Sträuchern, steht eine kleine Hütte. Spärlich, nur mit dem Nötigsten eingerichtet, aber sauber ist es im Inneren. Angst vor der Unbekannten zeigt Francesca keine.

Die Frau hat erkannt, dass sich das Mädchen offenbar in einer Notsituation befindet. Mit wenigen Worten verstehen sie einander, und Francesca erzählt, dass sie vor der Hochzeit mit einem Ritter des Königs geflohen ist. Außerdem befürchtet sie, dass nach ihr gesucht wird.

Die ältere Frau, die nur noch wenige Zähne im Mund hat, versteht alles, auch wenn Francesca in ihrer eigenen Muttersprache redet. Sie selbst wuchs mit der französischen Sprache auf und bietet der jungen Frau spontan an, bei ihr zu bleiben, bis die Gefahr durch eine Entdeckung gebannt ist.

An der Wand hängen Pfeil und Bogen und eine Armbrust. Die Frau erklärt, dass sie damit von Zeit zu Zeit einen Hasen oder ein Reh erlegt. Und sich gegen unliebsame Besucher verteidigt. Außerdem lebt sie schon jahrelang von den Pilzen und Früchten des Waldes.

Francesca ist beeindruckt und erfährt, dass die alte Frau auch vor einer Hochzeit geflohen ist. Sie stammt aus einem reichen Fürstenhaus ein wenig nördlicher und durfte nie mehr zurückkehren, weil ihre Familie sie wegen der Flucht verstoßen hatte. Hier im Wald findet sie seit vielen Jahren ihre Ruhe und lebt in innerer Einkehr.

Die junge Frau spricht sie auf die Gefahr durch die Raubritter an, die sich im tiefen Spessart aufhalten sollen. Die Einsiedlerin versteht die Angst, winkt ab und schüttelt den Kopf mit den grauen Haaren, die sie zu einem langen Zopf geflochten hat.

Vor den Raubrittern ängstigt sie sich überhaupt nicht, erzählt sie lächelnd. Im Gegenteil, ab und zu bringt man ihr, der »Fürstin«, wie sie alle hier im Wald in echter Hochachtung nennen, einige Lebensmittel und anderes Diebesgut vorbei, das sie vielleicht gebrauchen könnte. Dafür revanchiert sie sich mit Ratschlägen, wenn jemand von ihnen erkrankt oder verletzt ist. Im Lauf der Jahre hat sie sich großes Wissen über Heilkräuter und deren Verwendung selbst angeeignet.

Nachdem Francesca die Lebensgeschichte dieser Frau gehört hat, legt sie das Kopftuch der Novizin wieder ab. In der armseligen Hütte fühlt sie sich sicher und geborgen.

Wenn da nicht jemand akribisch nach ihr suchen würde …

Wo steckt Francesca?

Bei dem Streifzug durch den immer dichter werdenden Wald beschließen die Männer, sich zu trennen. Ritter Mario teilt die Route auf, um ein doppelt so großes Gebiet des Waldes durchkämmen zu können.

Wild umherschauend reitet Mario durch den Wald und knirscht vor Wut mit den Zähnen. Alles hat er sich in den schönsten Farben ausgemalt, Francesca – mit dem Segen des Königs – zu besitzen, inklusive seiner Nebenfrau Renata, die lang nicht so hübsch und anziehend wie Francesca ist. Als er bemerkt, dass er immer tiefer in den Wald gerät, in eine Gegend, in der sich die Raubritter aufhalten könnten, dreht er langsam um. Ganz so mutig, wie er immer vorgibt zu sein, ist er nicht.

Orlando schaut sich genauer um und entdeckt, versteckt hinter Büschen, eine kleine Hütte. Kurz bevor er sie erreicht, hören die beiden Frauen das Schnauben seines Pferdes und die vom Waldboden gedämpften Schritte.

»Versteck' dich unter der alten Decke, schnell, Mädchen«, flüstert die Fürstin und schon sieht sie durch einen schmalen Spalt in der Tür, dass ein junger Ritter auf den Eingang zu läuft.

Die Fürstin nimmt eine bucklige Haltung ein und schlurft dem Ritter entgegen. »Welch hoher Besuch, was verschafft mir die Ehre, edler Herr?« Mit leichtem Unterton verhöhnt sie den jungen Mann.

»Ich suche eine junge Frau, Francesca, die vor ihrer Vermählung geflohen ist. Im Auftrag des Königs wird nach ihr gefahndet. Ist sie bei Euch?« Orlando bittet die Frau, auch in der Hütte nachschauen zu dürfen. Sie hebt die Schultern und nickt. In der kleinen Hütte sieht er sich kurz um.

Als er sich zum Gehen umdreht, entdeckt er das achtlos

auf den Boden geworfene Kopftuch. Er hebt es auf und riecht daran. Kurz schließt er die Augen, als er den Geruch wahrnimmt. Fragend blickt er zu der Alten, doch die zeigt keine Regung. Trotzdem hinterlässt er bei ihr leise eine Nachricht.

»Wenn sie bei Euch auftaucht, bittet sie, hier auf mich zu warten, bis ich eine Lösung gefunden habe. Ich bin nicht der Mann, mit dem sie vermählt werden soll, vor dem sie geflohen ist. Mein Name ist Orlando di Mantova, ich will ihr nur helfen.« Schnell steigt er auf sein Pferd und reitet eilig davon.

Niemand soll jemals erfahren, dass er in der Hütte war und eine Spur zu Francesca gefunden hat.

Ritter Mario befindet sich mittlerweile bereits auf dem Rückweg nach Gelnhausen, den Ritt in den Spessart hinein hielt er für sich persönlich als zu gefährlich. In der Ferne sieht er Orlando auf seinem Pferd näher kommen. Geduldig wartet er auf ihn. »Und? Habt Ihr irgendwelche Spuren gefunden oder Menschen befragt?«, will er in barschem Ton wissen.

»Leider nein, in diesen Wald geht keiner freiwillig alleine. Zum Glück sind wir mit dem Tross, und ist auch die Gruppe mit der Königin unbehelligt durchgekommen.«

»Wenn wir ängstlich sind, dürfen wir keine Ritter des Königs sein. Dann ist es besser, als frommes Mönchlein ins Kloster zu gehen, Bier zu brauen und Gemüse anzupflanzen«, ist der großspurige Kommentar von Mario, ein unpassender Seitenhieb auf den jungen Mann.

»Vielleicht ist sie wirklich auf der Via Regia unterwegs und wir suchen hier vergebens«, denkt der Anführer laut.

Na endlich! Jetzt scheint er es selbst zu glauben, und das ist gut so, freut sich Orlando, und sie beschließen, die Suche abzubrechen.

Bei der Rückkehr stehen schon einige Menschen, die immer in der Kaiserpfalz Gelnhausen leben, und warten auf neue Nachrichten.

Die beiden Ritter können leider keinen Erfolg der Suche melden. Einer von ihnen ist furchtbar wütend, der andere ist traurig. Wie gerne wäre er mit ihr noch heute irgendwohin geflüchtet, weit weg … Zumindest ahnt er, wo sie auf ihn wartet.

Für den Abend ist wieder ein festliches Mahl mit Gästen aus Handel und Bürgerschaft geplant, Musikanten und der Hofnarr werden mit Spannung erwartet.

Niemandem, außer dem Narren, ist es gestattet, dem König den Spiegel der Wahrheit vorzuhalten und Politisches zu kommentieren. Die Glöckchen an seiner Narrenkappe läuten hell, wenn er in großen Sprüngen durch den Rittersaal hüpft.

Friedrich genießt das Spiel, denn er ist humorvoll, lacht gerne und lässt sich die frechen Sprüche des Narren gefallen.

Den anwesenden Damen werden Liebeslieder vorgetragen, der König liest wieder eigene Gedichte vor.

Die Gelnhäuser Bürger lieben ihren König, wie sie auch seinen Vater Heinrich verehrt haben. Den drei Generationen der Staufer, Barbarossa, Heinrich und Friedrich, haben sie viel zu verdanken.

Bei der Fürstin in Sicherheit

Vor der Hütte liegen kreisförmig aufgeschichtete rote Sandsteine, in deren Mitte die Fürstin Holz anzündet. Wie beim Tross, nur viel kleiner, hängt ein Topf mit Gemüse und Wildfleisch darüber.

Die Frauen genießen das gemeinsame Essen und freuen sich, dass es mit der Verständigung recht gut klappt. Francesca erklärt der Gastgeberin, dass sie am nächsten Tag weiterziehen möchte, um ihr nicht zur Last zu fallen und um einen größeren Abstand zur Pfalz zu bekommen.

Die Fürstin versteht die Sorgen, aber sie schlägt vor, zu warten, bis einer der Raubritter vorbeikommt, der sie ein Stückchen ihres Weges auf seinem Pferd mitnehmen kann. Ein über den anderen Tag kommt jemand vorbei, um sich nach ihrem Wohlergehen zu erkundigen, sagt sie. Vor ihnen muss die Flüchtende keine Angst haben, denn diese Menschen sind, genau wie sie, die Fürstin, Ausgestoßene und schon lang ihre einzigen Freunde.

Auf einem Strohsack rollt sich Francesca beruhigt zusammen, nachdem sie ein Abendessen von der Fürstin bekommen hat, und schläft ein. Im Traum sieht sie Orlando deutlich vor sich und hört ganz klar seine Worte, dass sie warten soll, bis er wieder zurück kommt. Leider kann sie ihm diesen Gefallen nicht tun, sie muss unbedingt weiterziehen.

Tatsächlich hört sie am nächsten Morgen Hufgetrappel, aber enttäuscht stellt sie fest, dass es sich nicht um Orlando handelt.

Ein wild aussehender junger Mann zu Pferd, der mit Pfeil und Bogen über der Schulter bewaffnet ist, reitet direkt bis vor den Eingang der Hütte.

Freundlich begrüßt ihn die Fürstin mit einer herzlichen Umarmung und nimmt einen gut gefüllten Sack von ihm entgegen. Francesca bleibt in der Hütte, durch einen Spalt in der Tür verfolgt sie das Gespräch, das in einer für sie bisher unbekannten Sprache stattfindet.

Dann kommen beide zu ihr in die Hütte. »Das ist mein Sohn Georg. Er ist der uneheliche Sohn von Kaiser Heinrich VI., ein Halbbruder unseres jetzigen Königs.« Der wild aussehende junge Mann schüttelt den Kopf, es ist ihm peinlich, was die Mutter einer Fremden einfach erzählt.

»Das glaube ich nicht. Soll das ein Spaß sein? Ein Halbbruder unseres Königs? Warum lebt er hier im Wald? Kann er nicht in die Dienste des Königs aufgenommen werden?« Francesca wendet sich nur an die Fürstin, reagiert erschüttert und fragt nach. »Werden nicht die unehelichen Kinder der Kaiser und Könige auf den Burgen der Familien eingesetzt, zum Beispiel als Kastellan, als ihr Burgverwalter?« Das weiß sie von Renata.

Der junge Raubritter steht stolz und selbstbewusst vor ihr. »Ich lebe hier im Wald, weil ich noch nie woanders gelebt habe. Auf der Burg meines Onkels wurde ich, weit entfernt von den Menschen, die meine Mutter gehasst und verletzt haben, geboren. Sie hat mir hier, abseits vom Wohlstand, schreiben und lesen beigebracht. Ich kann mit Schwert, Armbrust, Speer, Pfeil und Bogen umgehen, spreche drei Sprachen und besitze seit ein paar Wochen ein edles Pferd, das ich nicht einmal kaufen musste«, erzählt er lachend.

Dass er sich dabei mit der flachen Kante seiner rechten Hand in einer schnellen Bewegung am Hals entlang fuhr, ließ Francesca erschauern. Den ehemaligen Besitzer des Pferdes gab es wohl nicht mehr. Der neue war der Raubritter!

Tatsächlich erkennt Francesca bei diesem jungen Mann eine große Ähnlichkeit mit dem König, der im Gegensatz zu ihm, dem Raubritter, sehr gepflegt daher kommt.

Er besitzt die gleiche Statur, offenbar auch seinen Humor, seine Art, nicht zu jammern und trotzdem unnachgiebig und brutal zu sein, sonst wäre er kein Raubritter geworden. Und beide haben die rotblonden struppigen Haare. Ein Erbe vom Großvater Barbarossa.

Von seiner Mutter, der Fürstin, erfährt er, warum sich die junge Frau im Wald versteckt hält.

»Warum dürfen Frauen nicht selbst entscheiden, wen sie heiraten, mit wem sie zusammen leben wollen?« Francesca beginnt zu weinen, dreht sich mit dem Rücken zu den beiden, sie fühlt sich einsam und unverstanden.

Der junge Mann will helfen und überlegt kurz. »Ich kann dir eine Begleitung anbieten, so weit wie sich unser Revier im Wald erstreckt. Mit den anderen Räuberbanden legt man sich besser nicht an.« Die junge Frau blickt fragend zu ihm auf.

Nach einer Weile rät er: »Du musst deine Strecke entlang des Mains auswählen, damit du immer genügend Wasser zur Verfügung hast. Ein Pferd könnte ich auch besorgen. Du kannst doch reiten, oder???« Francesca nickt.

»Obwohl ich dich gerne noch bei mir behalten hätte, solltest du sein Angebot annehmen, wenn du schnell weiterkommen willst«, rät die Fürstin. Francesca stimmt zu. Schneller kann ihr die Flucht nicht gelingen. Der junge Mann wirkt entschlossen und, obwohl er ein Raubritter ist, sehr vertrauenswürdig – im Moment.

»Morgen früh, bei Tagesanbruch bin ich hier und hole dich ab. Wenn wir Glück haben, bringe ich für dich ein Pferd mit, allerdings kann ich es dir nicht überlassen.«

Mit sanftem Blick schaut er sie an und fragt leise: »Wo willst du eigentlich hin? Richtung Süden und dann? Ganz alleine? Bis in deine Heimat kannst du es niemals schaffen. Der Weg ist zu weit und die Gefahr zu groß für eine Frau.«

»Ich will nur weit weg, damit ich in Sicherheit bin vor der Rache des Ritters Mario.«

»Geht es etwa um Mario di Lombardia? Der enge Freund des Königs, meines Halbbruders? Sein Charakter ist miserabel.

Schon öfters hat er den König auf seinen Zügen nach Norden und zurück begleitet. Wenn es erforderlich ist, zu kämpfen, zieht er sich schnell in die hinteren Reihen zurück. Am liebsten hätte ich ihn jedes Mal in mindestens vier Teile…«

Der Raubritter beginnt, sich in Rage zu reden, seine Mutter stoppt ihn mit erhobener Hand.

Die Fürstin will helfen und trägt eine Idee vor, wo sich Francesca eine Weile verstecken könnte, um die Verfolger abzuschütteln und in die Irre zu führen. Der Plan hört sich sehr interessant an.

»Mein Bruder lebt im oberen Altmühltal. Er wohnt auf einer Burg, die als uneinnehmbar und Raubritterburg galt. Dort habe ich mich damals hoch schwanger versteckt bis nach Georgs Geburt. Niemand hat mich gefunden. Wenn er noch am Leben ist, wird er dich aufnehmen, mein Kind. Er ist ein herzensguter Mensch. Nie mehr habe ich ihn gesehen, weil ich mich schäme für mein armseliges Leben.«

Aufmerksam hört Francesca zu. Das ist mehr als ein kleiner Hoffnungsschimmer. Die ausführliche Beschreibung der Gegend, des Flussverlaufs vom Main und andere Merkmale, die die Strecke erklären, erhält sie spontan. All diese Dinge muss sie sich merken, denn schreiben und lesen hat sie bisher leider nicht gelernt. Sie bekommt eine kleine Skizze auf einem Stück Papier vorgelegt, die die Burg zeigt.

Ihr Sohn hört zu und lächelt freundlich. »Versuche dein Glück, schöne Frau. Vielleicht besuche ich dich dort einmal. Aber wir bereiten erst einmal deine weitere Flucht vor.« Er verbeugt sich formvollendet vor seiner Mutter und Francesca, was diese zum Lachen bringt. Welch ein Unterschied zwischen seinem ungepflegten Aussehen zu den guten Manieren.

»Ich verabschiede mich, meine Damen, wir sehen uns morgen bei Sonnenaufgang wieder.« Nach den kurzen Abschiedsworten steigt er auf sein Pferd und galoppiert davon.

»Fürstin, du bist eine tapfere, starke Frau. Beeindruckend

ist, wie du dein Leben selbst in die Hand genommen hast. Dein Sohn liebt dich sehr, das sieht man, wenn er dich anschaut und mit dir redet. Ich glaube, du hast es richtig gemacht, indem du ihn von all den politischen Machenschaften fern gehalten hast. Weiß der König, dass er einen Halbbruder hat, der ihm so ähnlich sieht?«

»Ja, er weiß es und ist verschwiegen. Mit einem Raubritter als Bruder kann ein König nicht an die Öffentlichkeit gehen. Seine Ritter und der übrige Tross ahnen nichts davon. Und die Raubritter verschonen den König aus diesem Grund, wenn er durch ihr Gebiet zieht. Georgs Wunsch ist nur, seinen Bruder zu schützen. Die beiden standen sich vor wenigen Jahren einmal in einer Pfalz der Staufer gegenüber, verneigten sich höflich voreinander und jeder wendete sich ab. Ohne Worte, als wären sie Fremde. Damals waren sie etwa zwanzig Jahre alt. Nur ein Jahr trennt die beiden. Friedrich akzeptiert, dass sein jüngerer Halbbruder so lebt, wie er selbst es will. Wahrscheinlich hat sich Friedrich schon manchmal gewünscht, genau wie Georg für eine Weile irgendwo im Wald verschwinden zu können …«

Interessiert hört Francesca der spannenden Geschichte zu. Georg ist ein Mann, der offenbar zufrieden ist mit dem wenigen, was das Leben für ihn bereitgehalten hat. Sich an den Hof zu wenden und Rechte einzufordern, das hätte auch seiner Mutter geschadet.

Der König hingegen wäre ganz bestimmt froh gewesen über einen loyalen, hervorragenden und mutigen Kämpfer in seinen Reihen. Unterstützung im Kampf gegen die amtierenden Päpste, die immer ihre Macht mit den Staufern messen wollten, und Ideen für den Fortschritt des Römischen Reiches hätte er mit Sicherheit eingebracht.

Erneute Suche nach Francesca

In der Kaiserpfalz Gelnhausen herrscht plötzlich Unruhe unter den königlichen Rittern. Mario besteht darauf, einen weiteren Suchtrupp loszuschicken, Orlando weigert sich, den Trupp zu begleiten. Auch er steht dem König seit langem sehr nah und bittet ihn um eine Audienz.

»Majestät, es geht um die Flucht von Francesca. Bitte stellt die Suche nach ihr ein. Ihr wisst, genau wie ich, dass sie vor der angekündigten Hochzeit floh.«

»Mein lieber Orlando, habt Ihr etwa selbst Interesse an dem Mädchen? Da befinden wir uns in einem starken Konflikt zwischen zwei meiner besten Männer. Sie wurde Mario versprochen, daran lässt sich nichts mehr ändern, und wenn er sie suchen möchte, kann ich ihn nicht daran hindern.«

»Bitte verfügt, dass ich nicht an der Suche und Verfolgung teilnehmen muss. Ich könnte es nicht ertragen, wenn er sie findet, wo sie doch ganz offensichtlich vor ihm geflohen ist.«

Der König reibt sich nachdenklich das Kinn und trifft sofort eine für ihn schwere Entscheidung. »Orlando, Ihr gehört ab sofort zu den Rittern auf der Burg Münzenberg. In einem Tagesritt könnt Ihr sie erreichen. Dort werdet Ihr Euch persönlich um die Sicherheit meiner Gattin und meines Sohnes kümmern. Morgen früh verlasst Ihr mit Euerem Knappen die Pfalz. Mehr kann ich nicht für Euch tun. Glaubt mir, es fällt mir nicht leicht, auf Eure Dienste zu verzichten, aber ich möchte Euch mit dieser harten Entscheidung schützen.«

Er hebt die Hand zum Zeichen, dass die Unterredung für ihn beendet ist. Orlando senkt kurz den Kopf und verlässt den Palas, in dem sich die Privaträume des Königs befinden.

Schnell spricht sich herum, dass Orlando ab sofort zur Gruppe, die sich auf der Burg Münzenberg befindet, versetzt wird. Mario begegnet ihm im Burghof mit einem triumphierenden Lächeln. Wieder ist es ihm gelungen, einen Konkurrenten ohne den Kampf – Mann gegen Mann – auf elegante Weise loszuwerden.

Schon im Morgengrauen satteln Orlando und sein Knappe ihre Pferde und verabschieden sich in der Pfalz von ihren bisherigen Weggefährten. Spätestens auf der Rückreise ins Heilige Römische Reich zur Krönung von Friedrich II. in Rom zum Kaiser durch den Papst, über Augsburg und zurück über die Alpen, wird man wieder aufeinander treffen.

Orlando erinnert sich unterwegs immer wieder an den Geruch von Francescas Kopftuch. Nicht fassen kann er, dass sein neuer Einsatzort noch viel weiter von der Hütte entfernt ist, in der er das Tuch auf dem Fußboden entdeckt hatte. War sie bereits weitergezogen? Hatte sie sich vor ihm versteckt, weil sie Mario in der Nähe glaubte?

Sein Knappe reitet schweigend neben ihm her, er bemerkt, dass sein Herr mit seinen Gedanken woanders ist.

Bei der Ankunft auf der Burg Münzenberg am späten Abend stürmt viel Neues auf die beiden Männer ein, sodass Orlando nicht mehr ununterbrochen an Francesca denken kann. Der Knappe fällt durch den schnellen Ritt nach Münzenberg unmittelbar nach dem Essen auf seinen Strohsack und schläft ein. Der Ritter hingegen wälzt sich auf seinem Lager hin und her und liegt noch lange nachdenklich wach.

Traurigkeit und Hoffnungslosigkeit überfällt ihn. Am nächsten Morgen denkt er an die bevorstehende Rückreise nach Rom, wenn in vielen Wochen die Krönung des Königs zum Kaiser vorgenommen wird, und hofft, unterwegs irgendwo wieder auf Francesca zu treffen.

Zu zweit auf dem Pferderücken

Auf dem Strohsack in der kleinen Hütte räkelt sich Francesca, bis die Fürstin zur Eile drängt. »Mädchen, pack' deine Sachen, Georg wird bald hier sein. Wenn er dich an der sogenannten Grenze abgeliefert hat, muss er danach auch wieder zurück reiten.«

Francesca genießt das Lager aus Stroh in der Hütte, in der sie sich geborgen fühlt. Sie weiß nicht, wann sie wieder einmal so komfortabel untergebracht sein wird. Der bevorstehende Marsch wird anstrengend und gefährlich, das weiß sie. Wenn sie sich nicht verläuft, kann sie in acht Tagen auf der Burg Colbenberc bei dem Verwandten der Fürstin sein. Was passiert, wenn die Burg mittlerweile in andere Hände geraten ist? Ob sie auch bei wildfremden Bewohnern freundlich empfangen wird? Fragen über Fragen beschäftigen die junge Frau.

Minuten später steht der Raubritter vor ihr. »Leider konnte ich kein zweites Pferd mitbringen. Der Rückweg mit einem Handpferd hätte zuviel Zeit in Anspruch genommen. Ich habe beschlossen, wir reiten zusammen auf meinem »Dicken«, er trägt uns beide. Ein Glück, dass du nicht so schwer wie eine Mamsell bist.« Er grinst sie an, mustert sie von oben bis unten und deutet mit dem Finger auf ihre Kleidung.

»Musst du dieses komische Nonnengewand unbedingt anziehen? Wenn uns unterwegs jemand sieht, glaubt er, dass wir uns jetzt schon an die Nonnen ranmachen.«

»Das kann ja ein heiterer Ritt werden, wenn er solche Gedanken hat«, denkt sie und zieht das Gewand schnell über den Kopf, um es in den Sack zu ihrer Kleidung zu stecken.

»Bereit?«

»Ja, ich bin bereit.«

Die Fürstin händigt ihr noch einen Brief aus, den sie auf der Burg abgeben soll. »Vielleicht hast du Glück, mein Kind, und auf der Burg lebt noch mein Bruder oder ein anderer guter Mensch, der dich eine Weile bei sich aufnimmt, bis du sicher in deine alte Heimat weiterziehen kannst«

Liebevoll breitet sie die Arme aus und drückt die junge Frau an sich. »Leb wohl, mein Mädchen!«

»Danke für deine Hilfe, Fürstin, Gott schütze dich!«

Georg lächelt seiner Mutter zu, dann hebt er Francesca auf das Pferd und schwingt sich elegant hinter sie auf den blanken Pferderücken. Einen Sattel gibt es nicht.

Francesca nimmt ein Prickeln am ganzen Körper wahr, ihr Herz schlägt schneller, als sie die Nähe des Mannes so dicht hinter sich spürt. Ein bisher noch nie erlebtes Gefühl …

Georg greift mit seinen muskulösen Armen an ihrem Oberkörper vorbei, um die Zügel aufzunehmen.

»Das ist ja lustig, unglaublich! Eng umschlungen sitze ich mit einem Raubritter auf dessen Pferd. Und ich genieße seine Nähe. Wenn das Alessandro sehen könnte«, kommt ihr spontan in den Sinn.

Eine Möglichkeit, dem Bruder eine Nachricht zukommen zu lassen, gibt es nicht. Schreiben und lesen kann sie nicht, außerdem wäre es nur über Pilger oder Händler, die nach Norden ziehen, möglich. Und es ist zu gefährlich, zu verraten, wo sie sich aufhält. Man weiß nie, wer die Nachricht bekommt.

Die Fürstin hat vorsorglich ein paar Lebensmittel in den Sack gepackt, die sie gerne teilt, damit Francesca unterwegs keinen Hunger leiden muss.

Georg fühlt sich sehr wohl mit Francesca im Arm und kann den abgewiesenen Bräutigam gut verstehen. Viel erzählt er, um sich abzulenken, von den Pflanzen, die es in dieser Region im Wald und auf den Wiesen gibt. Die Zeit für Pilze und Beeren kommt in wenigen Monaten.

Ein schriller Pfiff ertönt, begleitet von dem Ruf eines Käuzchens. Francesca erschrickt. Blitzschnell beantwortet Georg den Ruf mit den gleichen Tönen, zweimal hintereinander.

»Das ist unser Erkennungszeichen. Wir befinden uns auf unserem Territorium. Wenn einer von uns fremde Geräusche hört, lässt er diesen Ruf erschallen. Und wenn es jemand aus unserer Gruppe ist, der sich nähert, dann gibt er den Ruf zweimal zurück. So kann man gefahrlos den Wald passieren. Täglich wechseln wir die Losung, damit niemand unser Zeichen nachmacht«, erklärt er der erschrockenen jungen Frau.

Ein wenig lehnt er sich nach vorne, mit dem Gesicht an ihr Haar, und nimmt ihren Geruch auf. Noch nie war er einer schönen Frau so nah!

Als Raubritter bekommt man auch normalerweise keinen Kontakt zu ihnen. Man kämpft mit aller Kraft, manchmal um sein Leben, aber es gibt auch für Georg einen Ehrenkodex, wie ihn die edlen Ritter für sich in Anspruch nehmen, nämlich dass Frauen stets mit Hochachtung behandelt werden.

Auch wenn er wie ein Wilder im Wald lebt und auch so aussieht, wenn Raubüberfälle zu seinem Überleben nötig sind, hat er doch außerhalb dieses brutalen Lebens eine gute Erziehung durch seine Mutter genossen. Jederzeit soll er sich benehmen können, als sei er bei einem Ritter aufgewachsen und habe dort die höfische Erziehung genossen. Man kann nicht in die Zukunft sehen.

Um das Pferd zu entlasten, legen sie eine kurze Pause ein. Schnell steigt er vom Pferderücken herunter und streckt Francesca beide Arme entgegen, um ihr beim Absteigen behilflich zu sein. Sie schwingt ihr rechtes Bein über den Pferderücken und strauchelt direkt in seine Arme. Tief atmen beide durch und laufen ein paar Schritte befangen neben dem Pferd her.

»Es tut mir leid, wenn ich dir eben Angst eingejagt habe. Das ist mir peinlich. Nichts wird passieren, was du nicht willst. Vertrau mir bitte.« Francesca denkt an den Abend beim

König. Die Ähnlichkeit der beiden Brüder ist so verblüffend. Den galanten, rücksichtsvollen Umgang mit Frauen beherrschen beide.

Sie reagiert mit einem fröhlichen Lachen auf seine nette Entschuldigung, somit entspannt sich die Situation zwischen den beiden. Eine Weile marschieren sie schweigend neben dem Tier her, dann geht der Ritt weiter. Am Himmel bilden sich dunkle Wolken. Georg zeigt hinauf.

»Sieh mal nach oben, ich glaube, es wird bald ein Gewitter geben. Nicht weit von hier steht eine kleine Hütte, in der wir uns immer mal verstecken, wenn es sein muss. Ich will nicht mehr davon erzählen, ich bringe dich einfach hin.«

»Einverstanden, denn wenn ich nass bin, von oben bis unten, und dann weiterziehen muss, das ist kein guter Anfang. Danke, dass du so fürsorglich bist, Georg.«

Er schmunzelt. »Meine Erziehung in meinem früheren Leben, bevor ich aus der Not heraus zu den Raubrittern gestoßen bin, hat meine Mutter sehr ernst genommen. Ein bisschen was ist noch davon hängen geblieben und kommt zu gegebener Zeit mal wieder ans Tageslicht …«

Kurz bevor das Gewitter losbricht, erreichen sie eine Hütte, die komfortabel und mit etlichen schönen Gegenständen ausgestattet ist. Edle Truhen, vermutlich Diebesgut, stapeln sich in den Ecken, im Kontrast dazu liegen mehrere Strohsäcke kreuz und quer auf dem Fußboden.

Mit einem Fußtritt wirbelt Georg die Strohsäcke auf einen großen Haufen mit den Worten: »Bis das Gewitter vorbeigezogen ist, kannst du mir ein bisschen vor dir erzählen.

Außer deiner gelungenen Flucht vor der arrangierten Hochzeit mit Ritter Mario, weiß ich leider nichts von dir. Wo bist du geboren worden und warum warst du Mitglied im Tross des Königs?«

Francesca erzählt ihre Geschichte von dem armseligen Bauernhof und der unfreiwilligen Reise mit den Rittern. Über den pikanten Abend bei seinem Halbbruder schweigt sie. Orlando erwähnt sie auch nicht, er war halt ein in sie verliebter Ritter, der sie beschützt hat. Mehr nicht. Vermutlich wird sie ihn nie mehr wieder sehen.

Mit seinen grünen Augen sieht Georg sie lange an. »Ich überlege, ob ich dich bis zur Burg meines Onkels bringen soll, damit dir nichts geschieht. Eine Frau alleine, und dazu noch jung und schön, das kann ich nicht verantworten. Was meinst du?«

»Du bringst dich selbst auch in Gefahr, wenn du mit mir unterwegs bist. Willst du das riskieren für ein wildfremdes Bauernmädchen? Ich meine es wirklich ernst.«

»Lass uns heute Nacht hier bleiben und morgen früh bei Tagesanbruch weiterziehen. Mach' es dir bequem, du findest etwas zu essen und Wein in der oberen Truhe. Ich kümmere mich in der Zeit um den Dicken.«

Ziemlich lang kümmert er sich um das Pferd, als er jedoch wieder in die Hütte kommt, traut sie ihren Augen kaum. Ist das wirklich Georg? Der Bart ist kurz, die struppigen Haare gewaschen und ordentlich frisiert. Wie hat er das nur gemacht? Francesca glaubt, sie hätte Friedrich vor sich stehen.

Die Überraschung ist Georg gelungen, das merkt er, als Francesca ihn fassungslos anstarrt.

»Hinter der Hütte befindet sich noch ein kleiner Verschlag. Dort stehen ein Fass mit Wasser und eine Schüssel. Gerne darfst du Gebrauch davon machen«, lautet sein Angebot.

»Mit so viel Komfort habe ich nicht gerechnet. Ich nehme dein Angebot gerne an. Sich an den Ufern der eiskalten Bäche oder Flüsse zu waschen, das ist um diese Jahreszeit eine harte Angelegenheit. Danke.«

Francesca verlässt eilig die Hütte und geht in den Verschlag, um sich zu waschen. Dort findet sie sogar eine edle Haarbürste und einen Kamm aus Elfenbein vor.

Dass diese hübschen Utensilien Diebesgut sind und keinem

der Raubritter gehören, sieht sie sofort, aber es stört sie überhaupt nicht. Wie eine Königin fühlt sie sich, während sie ihre langen dunklen Locken kämmt.

Brot und Wein stehen bereits auf einer Kiste, sogar Becher gibt es in der Hütte. Die Veränderung von Georg ist so gravierend, dass sie ihn immer wieder anschaut. Natürlich bemerkt er es und lacht. »Auf unsere schöne Reise, und dass wir gesund dort ankommen, wohin uns das Leben auch treibt.«

»Wohin wird es uns treiben, Georg? Willst du mich wirklich bis auf die Burg begleiten? Was wird sein, wenn niemand mehr dort wohnt, der sich an deine Mutter erinnert?«

»Dann ziehen wir weiter in deine Heimat. Ich bringe dich unter meinem Schutz überall hin, wenn du willst. Deine Sprache beherrsche ich, das hörst du ja. Wo sollte es ein Problem geben? Ich kann mich immer noch, unter falschem Namen, beim Tross des Königs bewerben und mit den Rittern wieder zurück in den Spessart ziehen.«

Francesca verschlägt es die Sprache, dieser Mann würde alles für sie tun! Ihr Herz beginnt wie wild zu pochen. Dann geht sie auf ihn zu und umarmt ihn dankbar wie ein Kind.

Zärtlich legt er seine Arme um sie und hält sie fest. So schnell lässt er sie nicht wieder los. Die Umarmung versteht er als Zeichen ihrer Zuneigung. Er beugt sich über sie und küsst sie zärtlich, aber als er bemerkt, dass Francesca seinen Kuss scheu erwidert, lässt er seinen überschäumenden Gefühlen für sie freien Lauf.

Eng aneinandergeschmiegt liegen sie auf den Strohsäcken, genießen die erste Liebe, die sie wie ein Blitz getroffen hat. Plötzlich hören sie Geräusche von draußen.

»Oh je, wer kann das sein?«, flüstert Francesca. Georg springt auf. »Das ist jemand aus unserer Gruppe, der hier auch Schutz sucht. Rasch, zieh dir etwas an!«

Bis die Besucher ihre Pferde angebunden und versorgt haben, sitzen die beiden artig am Tisch, als hätte es die letzte

Stunde nicht gegeben. Die Tür wird aufgestoßen und herein stapfen zwei ältere, furchterregende Gestalten. Georg begrüßt die Männer freundlich, er scheint sie gut zu kennen.

»Ja, Kreuzdonnerwetter! Georg, du und eine schöne junge Frau in der schäbigen Hütte? Was ist hier los? Bist du krank?«

»Nein, nein, keine Sorge, das ist nur eine Cousine von mir, die ich zu einer Tante bringen soll. Wir haben vor dem Gewitter Schutz gesucht. Macht euch um mich keine Gedanken. Sobald ich den Auftrag erledigt habe, komme ich zurück. Schaut ab und zu mal bei der Fürstin vorbei, ob es ihr gut geht!«

»Abgemacht, das ist Ehrensache! Wie lange bleibt ihr hier? Wohin geht die Reise?« Fragend schauen die Männer zwischen Georg und Francesca hin und her.

»Wir werden morgen bei Tagesanbruch weiterziehen nach Süden«, ist die knappe Antwort von Georg.

Das Frühlingsgewitter lädt viel Regen ab, unaufhörlich prasseln neue Schauer nieder. Die zwei Raubritter beschließen, ebenfalls in der Hütte zu übernachten und am nächsten Morgen weiterzureiten. Sie verhalten sich sehr freundlich, Francesca ängstigt sich nicht mehr, sie hat ja »ihren Cousin« Georg an ihrer Seite.

An guten Schlaf ist trotzdem kaum zu denken, das Gewitter tobt noch immer, die drei Männer schnarchen laut und Francesca kann es nicht fassen, dass sie sich so sehr verliebt hat in den Bruder des Königs.

Früh beginnt der Tag bei den Menschen in der Hütte. Ein wenig trockenes Brot gibt es zu essen, dann brechen alle eilig auf. Die Raubritter reiten nach Norden, Georg und Francesca reiten auf dem Dicken nach Süden. Von Zeit zu Zeit steigt Georg ab und führt das Pferd ein Stück, damit die Belastung mit zwei Reitern nicht zu stark wird. Aber lange dauert die Entlastung nicht.

Nach kurzer Wegstrecke schwingt er sich wieder auf das Pferd hinter Francesca, um ihren Körper ganz nah zu spüren, und gesteht: »Wie konnte ich über zwanzig Jahre ohne dich leben? Ich bin überglücklich, dass die Fürstin dich gefunden hat. Meine Mutter weiß genau, was mir gut tut. Nie mehr will ich ohne dich leben, Francesca. Ich vermute, so fühlt sich Liebe an.«

Auch die Gefühle der jungen Frau schlagen Purzelbäume. Nie hätte sie gedacht, dass man sich so schnell und so heftig verlieben kann. Und doch gibt es das!

In der darauffolgenden Nacht stehen ihnen weder ein weicher Strohsack, noch eine Hütte, in der sie sicher übernachten können, zur Verfügung. Glücklich liegen sie auf dem weichen Waldboden, lieben sich und vergessen alles um sich herum. Plätschernd fließt ein kleiner Bach in der Nähe, Mensch und Tier haben genügend Wasser. Ihre Vorräte, die Francesca von der Fürstin als Wegzehrung für sich bekommen hat, teilt sie nun mit Georg.

Tagsüber marschieren sie mal neben dem Pferd her oder sitzen gemeinsam auf dem Pferderücken und schmiegen sich eng aneinander. In den Nächten liegen sie lange wach, lieben sich und reden offen über das, was mit ihnen so plötzlich passiert ist.

Fast am Ziel

Am achten Tag ihrer Reise entdecken sie in der Ferne eine imposante Burg auf einem Bergsporn. Georg kramt aus seinem Umhang die Zeichnung heraus, die seine Mutter angefertigt hat. Schon ziemlich zerknittert ist das kleine Stückchen Leder.

»Ja, das ist sie, die Burg Colbenberc, genau so, wie Mutter sie gezeichnet hat!« Plötzlich wirkt Georg aufgeregt. Francesca beugt sich über die Skizze und schaut hinauf zur Burg. »Das ist ja erstaunlich, wie gut sich deine Mutter daran erinnert hat, wie sie aussieht.

Georg steigt ab und führt den Dicken. Aufmerksam und schweigend beobachtet der Raubritter die Gegend. Bei einem unbekannten Geräusch hält er das Pferd kurz an und bedeutet Francesca, ganz leise zu sein. Ihr Gespräch verstummt. Georg nimmt eine Bewegung oben an der Burgmauer wahr.

»Möglich ist, dass die Burg zwischenzeitlich in andere Hände gelangt ist, und man uns nicht als friedliche Besucher ansieht. Wir müssen äußerst achtsam sein«, flüstert er. Im selben Moment erschallt ein Ruf von oben, und ein Pfeil dringt in Georgs Schulter.

Vor Schmerz lässt er das Pferd los, zum Glück gelingt es Francesca noch, abzuspringen. Sie winkt nach oben und ruft laut: »Wir sind Verwandte vom Burgherrn, wir sind in friedlicher Absicht hier«, und kniet sich weinend neben Georg, der auf dem harten Weg zusammengesunken ist.

Ein wenig richtet er sich auf, presst die Zähne fest aufeinander und zieht mit einem Ruck den Pfeil aus seiner Schulter. So, als würde er sich einen lästigen Hut vom Kopf reißen.

»Schnell, leg dich hin!« Er reißt sie um und wirft sich mit seinem Körper über sie, um sie zu schützen. Unbeweglich liegen beide, sie hören nur ihr eigenes Herz schlagen. An

Francescas Wange wird es feucht. Als sie die vermeintlichen Tränen abwischt, sind ihre Hände voll Blut. Georgs Blut.

Von der Burgmauer ruft jemand. »Wer seid Ihr? Nennt Euren Namen und sagt, was Ihr hier wollt!«

Leise haucht Georg unter den starken Schmerzen, nur für Francescas Ohren noch zu hören: »Ich bin Georg von Münzenberg. Sag's ihm!«

»Sein Name ist Georg von Münzenberg!«, ruft Francesca laut nach oben.

»Und wer seid Ihr?«

»Ich bin seine Frau!« Spontan hatte Francesca auf die Frage geantwortet. Wenn die Lage mit Georgs Verletzung nicht so dramatisch gewesen wäre, hätte sie hinterher laut über ihre kesse Antwort gelacht.

Aber was hat er gesagt? Georg ‚von Münzenberg'? Das war doch eine Burg, nicht weit entfernt von der Kaiserpfalz in Gelnhausen, wohin sich die Königin zurückgezogen hatte. Das muss er ihr genauer erklären, sobald es ihm besser geht.

Kurze Zeit später öffnet sich das untere Burgtor wie von Geisterhand. Das Fallgitter ist oben fest verzurrt. Zwei Männer helfen, den verletzten Georg und Francesca in die Burg zu bringen. Ihr Pferd lässt sich widerstandslos einfangen, es macht seinem Namen ›Dicker‹ alle Ehre, denn es rupft begeistert das frische Gras am Wegrand, um nicht abzumagern.

Burg Colbenberc — Colmberg Frühjahr 1220

Vor dem offenen Kamin, im Inneren der Burg, sitzt ein Mann, der langsam aus seinem Sessel aufsteht, als die beiden unerwarteten Besucher zu ihm gebracht werden.

»Ich kann es nicht glauben, bist du es wirklich? Georg, mein lieber Neffe, ich bin froh, dich wiederzusehen! Allerdings hätte ich mir das Wiedersehen mit dir nach ungefähr fünfundzwanzig Jahren weniger dramatisch gewünscht. Setz' dich bitte in den bequemen roten Sessel, wir werden deine Wunde sofort versorgen lassen.« Und an Francesca gewandt meint er: »Und das ist deine Frau? Herzlich willkommen, meine Liebe, das freut mich sehr!«

Francesca kann der Unterhaltung nicht so recht folgen. Mit besorgter Miene steht sie neben Georg und hält seine Hand.

Er jammert nicht, sondern beginnt, seinen muskulösen Oberkörper frei zu machen. Schon kommt eine Frau in einer blütenweißen Schürze und bringt Steifen aus Leinentüchern mit. Sie reinigt seine Wunde ein bisschen und verbindet die Schulter. Dann tupft sie mit einem feuchten Tuch vorsichtig Francescas blutverschmiertes Gesicht ab.

Bei dem wenigen Personal in der Burg hat sich schnell herumgesprochen, dass der Neffe des Burgherrn gekommen ist. Eine rundliche, kleine Frau kommt schwitzend und schnaufend aus der Küche im Untergeschoß heraus und läuft zunächst zögernd auf den Verletzten zu.

Der Burgherr lächelt nachsichtig und sagt zu Georg: »Das ist Anna, unsere Köchin, sie war bei deiner Geburt dabei.« Kopfschüttelnd umrundet die Frau den Sessel und streicht Georg liebevoll über den Kopf.

Der merkwürdige Auftritt wird vom Burgherrn lächelnd erklärt. »Als uns deine Mutter wenige Wochen nach deiner Geburt Hals über Kopf verlassen hat, war Anna so traurig, als hätte man ihr das eigene Kind weggenommen. Sie liebte dich abgöttisch. Nicht wahr, Anna?« Sie nickt und der Onkel erzählt weiter.

»Deine Mutter befürchtete, dass der abgewiesene Baron aus Frankreich hier bei uns auftauchen könnte, um sie zu heiraten. Er war so verrückt nach ihr, selbst mit Kind wollte er sie unbedingt zur Frau.«

»Durch ihre Affäre mit dem frisch gekrönten Kaiser Heinrich VI. sagte sich die gesamte Familie von Münzenberg von ihr los. Die Verbindung mit dem Franzosen war vom Elternhaus zuvor längst eingefädelt. Sie aber floh bei Nacht und Nebel und schloss sich einer Pilgergruppe an, die eigentlich auf dem Weg nach Rom war. Diese guten Christen begleiteten sie bis zu uns, wo sie dich in Sicherheit zur Welt bringen konnte.«

An Georg gewandt, will er wissen: »Gehörst du in irgendeiner Weise zum Tross oder den Rittern des Königs?«

»Nein«, kommt es leise zurück. Dass er den Lebensunterhalt damit bestreitet, andere Menschen zu berauben und notfalls auch zu töten, kann er seinem Onkel heute nicht erzählen.

»Wie geht es deiner Mutter? Wo lebt sie?«

»Gut geht es ihr. Sie lebt im Spessart.« Knapp ist seine Auskunft. Lügen darf man nicht, und mehr zu sagen, ist nicht ratsam.

»Ist sie verheiratet?« Der Onkel lässt nicht locker mit seiner Fragerei.

»Nein.«

Die Neugier veranlasst ihn, auch Francesca mit seinen Fragen zu löchern. Sie genießt den Vorteil, Fragen nicht zu verstehen. Nicht standesgemäß, von einem Bauernhof, das verrät sie. Und dass sie wieder zurück in ihre Heimat möchte.

Sehr blass sitzt Georg in dem Sessel, er hat große Schmerzen und fühlt sich überhaupt nicht wohl. »Ein Glück, dass dein Schütze nicht mit der Armbrust geschossen hat. Der Pfeil, der sogar Rüstungen durchbricht, hätte mich getötet«, bemerkt er noch. Der Onkel nickt und sieht, dass es dem Neffen sehr schlecht geht. Zusammen mit seiner ,Frau' schickt er ihn in eines der oberen Burgzimmer.

Die Köchin selbst bringt für die beiden Besucher Brot und einen Teller mit Gemüse. Liebevoll schaut sie Georg in einer Weise an, als sei er noch ein entzückendes Kleinkind. Vermutlich hat sie ihn all die Jahre nicht vergessen, denn sie ist auf der Burg als treue Seele geblieben und leider kinderlos.

Francesca sorgt sich um Georg, denn er beginnt plötzlich zu zittern, weil er friert. Mit allen verfügbaren Decken hüllt sie ihn ein und kriecht zu ihm unter die Decke, um ihn zu wärmen. In der Nacht beginnt er zu fiebern, reist den Verband von der Wunde und redet wirr in einer Sprache, die Francesca leider nicht versteht.

Leise geht sie am frühen Morgen die Holzstufen hinunter und sucht nach Anna. In der Küche schürt die gütige Frau das Feuer an und bereitet einen starken Kräutertee für den Verletzten. Francesca bringt den Tee ins Burgzimmer und findet Georg auf dem Boden liegend vor. Im Fieberwahn ist er aus dem Holzbett gestürzt, auf seine Wunde. Wieder läuft sie nach unten und fragt nach der Frau, die den Verband angelegt hat. In der Burg herrscht schon reges Treiben und über die Nachricht, dass es Georg schlecht geht, helle Aufregung.

Die Frau mit der blütenweißen Schürze kommt sofort und legt ihm einen neuen, sauberen Verband an. Vorher hievt sie vorsichtig, gemeinsam mit Francesca, den schweren Mann ins Bett. Feuchte, kühle Tücher legt sie immer wieder auf seine Stirn.

Zwei Tage und zwei Nächte liegt der starke Mann noch benommen wie ein gefällter Baum auf der Matratze aus Stroh, ängstlich bewacht von Francesca. Um die Mittagszeit öffnet er endlich wieder seine Augen und erkennt sie. Er ist über den Berg und versucht langsam, aber mit festem Willen, wieder am Leben teilzunehmen.

Georgs Onkel lebt ohne Familie auf Burg Colmberg. Unter Kaiser Heinrich VI., Georgs leiblichem Vater, zeichnete er sich aus als ein königstreuer Ritter. Geschenkt bekam er die Burg im Tausch mit seiner Heimat Münzenberg. Adelig war er ja bereits und nahm vom Kaiser den neuen Titel »Fürst zu Colmberg« entgegen. Außerdem erhielt er ein kunstvoll geschmiedetes, wunderschönes Schwert, das er für das außereheliche, ungeborene Kind aufbewahren sollte. Was konnte die schwangere Frau, seine Schwester, mit dem Schwert anfangen? Sie übergab es ihrem Bruder.

Der überraschende Besuch seines Neffen, der offenbar keinen festen Wohnsitz hat, freut den Fürsten sehr. Das passt gut in die Pläne des älteren Herren, der verwitwet ist und keine Nachfahren hat.

Für seine Bauern in der Umgebung sieht er sich stets verantwortlich und will sie beschützen. Denn räuberische Banden plündern immer wieder die Höfe und zünden ganze Dörfer an, als Lehnsherr zu Colmberg muss er etwas dagegen tun. Sein Gerechtigkeitssinn und die Fürsorge sind weithin bekannt. Bei vorausschaubaren Angriffen schützt er seine Bauern, indem sie mit ihren Familien auf der Burg samt ihrem Vieh Zuflucht finden. Über eine eigene Gruppe von Kämpfern verfügt er derzeit nicht.

Nachdem es Georg langsam wieder besser geht, bespricht er mit ihm das Problem, das ihn umtreibt. Da fällt ihm auch das Schwert ein, das er niemals selbst benutzt hat und noch immer verwahrt.

Eines Abends, nach einem oder mehreren Gläsern Wein, sieht sich Georg in der Lage, dem Onkel von seiner nicht rühmlichen Vergangenheit zu erzählen. Auch wie seine Mutter ihr Leben meistert und wo sie es verbringt, berichtet er offen.

Wie der Onkel dieses Geständnis aufnehmen würde, war nicht vorauszusehen. Aber er trägt das gleiche kämpferische Blut in sich wie Georg und schlägt vor, zur Verteidigung der kleinen umliegenden Dörfer eine Gruppe aus mutigen, kampfwilligen Bauern auf die Burg zu holen und zu Kämpfern auszubilden.

Pferde könne man in der Region günstig erwerben und hier trainieren. Georg soll die Bauern zu guten Reitern ausbilden und im Kampf mit dem Schwert, Pfeil und Bogen, Armbrust und mit der Streitaxt trainieren. Ein Schmied, der in einem der Dörfer lebt, wäre in der Lage, fehlende Waffen herzustellen. Er darf die Waffen sogar auf der Burg schmieden und lagern.

Francesca, die am offenen Kamin sitzt und nur Bruchstücke der Unterhaltung versteht, sieht ihre Pläne, zurück in die Heimat zu reisen, schwinden.

Während des langen Gesprächs mit seinem Onkel hat Georg berichtet, wie er Francesca kennen gelernt hat und warum sie beide hier gelandet sind.

»Ich wollte sie nur eine Tagesreise weit begleiten. Sie gefiel mir so gut, sie ist so natürlich, wissbegierig, lieb und mutig. Plötzlich bekam ich Angst um sie, dass ihr etwas zustoßen würde, wenn sie alleine weiterzieht. Vom ersten Augenblick an liebe ich sie – und sie mich auch.«

»Dann kennt ihr euch erst kurze Zeit … Ihr seid überhaupt nicht verheiratet, oder?« Der Onkel zwinkert Georg zu und ergänzt: »Trotzdem eine gute Wahl, mein Junge, da hast du dir eine bildschöne Frau im Wald eingefangen.«

»Ja, hier hat das Schicksal ganz schön mitgeholfen. Das mit der Hochzeit können wir noch nachholen, in der Burgkapelle.«

»Das Feuer im Kamin brennt langsam herunter. Wir sollten schlafen gehen.« Mit diesen Worten verabschiedet sich der Onkel. An der Treppe steht die Dame, die immer eine blütenweiße Schürze trägt. Sie ist bereit, mit Augen nur für ihn.

Georg zieht Francesca hinter sich her, mit seinen Gefühlen und Liebesbezeugungen kann er nicht warten, bis er das Zimmer erreicht. Auf der gewundenen Holztreppe zieht er sie immer wieder eng an sich, streichelt ihren Körper und küsst sie. Eine Holztreppe hat viele Stufen …

Im Burgzimmer fühlen sie sich geschützt, niemand stört sie, wenn sie ihrer Leidenschaft freien Lauf lassen. Ein wenig vorsichtig muss Francesca wegen seiner Verletzung sein, sie stellt jedoch genüsslich fest, dass alles, was über den König bezüglich seiner Verführungskünste gesagt wird, auch auf seinen Halbbruder zutrifft.

Von Burg Münzenberg nach Gelnhausen – März 1220

Auf der Burg Münzenberg geht es normalerweise ruhig zu, aber die anwesende Königin fühlt sich in ihrer Heimat, im Süden, viel wohler und lässt die armen Bediensteten ihre schlechte Laune spüren. Knappen kümmern sich tagsüber liebevoll um den kleinen Sohn, reiten mit ihm aus und unterrichten ihn im Kampf.

Auch Orlando beschäftigt sich mit dem königlichen Knaben, seine Gedanken weilen jedoch im Spessart. Fieberhaft überlegt er, wie er Francesca wiederfinden kann.

Wartet sie noch in der Hütte bei der Frau? Zog sie schon weiter? Tag und Nacht denkt er an junge Frau, die ihm so gut gefallen hat. Hoffnungen hatte sie ihm nie gemacht, sie ihm aber auch nicht genommen.

Der Zufall kommt ihm zur Hilfe. Eine Depesche muss zu Friedrich II. nach Gelnhausen gebracht werden. Dringend. Orlando erklärt sich bereit, den Ritt alleine innerhalb kürzester Zeit zu erledigen.

Er sattelt sein Pferd, packt seine persönlichen Dinge in einen Lederbeutel und reitet mit dem Schreiben schnell in die Richtung der Reichstadt. Von seinem Pferd verlangt er alles und kommt spät am Abend im Stadtteil Burg, der sich rund um die Burgmauer der Kaiserpfalz schmiegt, an.

Durch eine Parole öffnen ihm die Wachen das Tor. Knechte kümmern sich um sein schweißnasses und erschöpftes Pferd, und er selbst tritt stolz und aufrecht in den Rittersaal, wo die Spielleute und der Narr gerade wieder mit der Unterhaltung der Gäste beginnen.

Ein Bediensteter meldet ihn beim König. Friedrich ist überrascht und winkt Orlando, der das wichtige Schreiben in der Hand hält, zu sich.

Neben ihm sitzt, wie immer bei den Feiern, Ritter Mario di Lombardia, der den jungen Mann mit hasserfülltem Blick mustert. Wieso war er wieder hier? Nun, er würde ihn im Auge behalten.

Orlando bittet nach der Übergabe der Depesche, sich zurückziehen zu dürfen, da er am nächsten Tag wieder zur Burg Münzenberg reiten müsse. Der König weiß um die angespannte Stimmung zwischen seinen beiden Rittern, nickt und lässt ihn gehen.

Früh findet Orlando sich am nächsten Morgen im Stall ein und wählt ein anderes, ausgeruhtes Pferd für den Ritt in den Spessart aus. Von der Köchin erbittet er zuvor etwas Proviant. Sie ist seinem freundlichen Auftreten und seinem Charme erlegen und gibt ihm heimlich genügend Brot und Früchte für einige Tage mit.

Anschließend verabschiedet er sich von seinem König und von den anderen Rittern, die mit den Plänen der weiteren Reise beschäftigt sind, und verlässt die Kaiserpfalz Gelnhausen in Richtung Spessart.

Friedrichs Regierungsgeschäfte ruhen nicht während seines Aufenthalts in der Kaiserpfalz in Gelnhausen. Viele Vorbereitungen sind zu treffen, denn auf dem Hoftag in Frankfurt, zwei Tagesreisen entfernt, im April, will Friedrich II. seinen erst 9-jährigen Sohn Heinrich zum römisch-deutschen König wählen lassen.

Nach der Verabschiedung von Orlando kümmert sich niemand mehr um den Ritter. Unbemerkt bleibt, dass er nicht den Weg zurück zur Burg Münzenberg nimmt.

Erneute Suche nach Francesca

An die Strecke in den waldreichen Spessart, die er vor Wochen bei der Suche nach Francesca eingeschlagen hat, erinnert er sich noch genau. Hundertmal ist er sie in seinen Gedanken und Träumen geritten.

Tatsächlich entdeckt er nach Stunden das dichte, hohe Gebüsch, hinter dem sich die Hütte der alten Frau versteckt. Besonders gute, geschulte Augen und Ohren hat sie, denn als er sich der Hütte nähert, steht sie vor der Tür, als erwarte sie ihn.

»Ihr seid der Ritter, der nach Francesca gesucht hat, nicht wahr? Ich wusste, dass Ihr wieder kommt.« Orlando nickt und steigt von Pferd.

»Ich suche noch immer nach ihr, aber nicht, um sie zu dem Mann zu bringen, der sie nicht achtet und trotzdem heiraten will.«

»Sie ist weitergezogen, von einiger Zeit.«

»Wisst Ihr Näheres? Wollte sie wieder in ihre Heimat zurück? Das kann sie unmöglich alleine schaffen.«

Die Fürstin überlegt eine Weile, welchen Rat sie dem jungen Mann geben soll. »Sie befindet sich auf dem Weg zu meinem Bruder, wo sie hoffentlich auf seiner wunderschönen Burg Zuflucht findet.«

Orlando ist sichtlich enttäuscht. Seine Gruppe hat er ohne Erlaubnis verlassen, ein Strafgericht würde ihn verurteilen. An eine Rückkehr ist nicht mehr zu denken.

»Könnt Ihr mir verraten, wo sich die Burg Eures Bruders befindet? Ich wäre Euch unendlich dankbar!«

Das Leben auf der Burg Colmberg

Auf Colmberg arbeitet Georg fest daran, eine schlagkräftige Truppe zur Verteidigung der umliegenden Dörfer, und gegen Angriffe durch die Stadt Rothenburg, auf die Beine zu stellen.

Der vermögende Onkel kauft kräftige Pferde in der Nähe ein, sein Kommentar dazu lautet:»Diese edlen, dünnen Dinger halten doch keinem Angriff stand. Mehr eigenes Gewicht und starke Beine sind für die Tiere gut, schließlich haben sie auch noch schwere Bauern und deren Rüstungen zu tragen.«

Georg trainiert die Bauern und die kräftigen Rösser für den Einsatz gegen Plünderer mit aller Härte und lehrt sie Disziplin. Er selbst ging bei den Raubrittern durch eine harte Schule. Zimperliche und wehleidige Männer hatten in solch einer Gruppe nichts zu suchen.

Für die meisten Bauern ist die Situation neu, aber sehr lukrativ, zumal sie mit dem kleinen zusätzlichen Sold auch ihre Familie ernähren können. Sie arbeiten auf ihren Feldern, können die Pferde des Burgherren nutzen, und wenn sich eine brenzlige Situation andeutet, die eine Verteidigung erfordert, sind sie sehr schnell in der Lage zu handeln und mit großer Dankbarkeit ihm gegenüber einsatzbereit.

Francesca macht sich täglich in der Küche nützlich, repariert Wäsche, und lernt nebenbei von der Geliebten des Burgherrn noch Schreiben und Lesen in der Sprache ihres Gastlandes.

Auch diese Frau erzählt ihre eigene Geschichte in den vielen gemeinsamen Stunden als für sie unvorhersehbar. Ihre Eltern brachten sie als junges Mädchen im Kloster unter. Die große Mitgift verschwand dort auf wundersame Weise in dubiosen Kanälen. Verwunderlich war es nicht, dass eines Tages das Kloster in Flammen aufging, die sogenannte Mitgift verschwunden war, und alle Mädchen mit leeren Händen vor den verkohlten Trümmern weinten.

Die inzwischen verstorbene Frau des Onkels sah sie noch spät am Abend mutterseelenallein vor der Ruine stehen und nahm sie mit. Bleiben dürfe sie lebenslang bei dem kinderlosen Paar, das wurde ihr versichert. Liebevoll pflegte sie die kranke Frau und war ihr dankbar bis zu deren Tod.

Dass der Burgherr, ein agiler Mann, nicht alleine blieb, war klar. Lange musste er nicht nach einer passenden Frau suchen, denn die junge Frau lebte nun schon ein paar Jahre unter seinem Dach. Er kannte sie gut, wusste, dass sie lieb und ehrlich war.

Eines Abends trug sie ein wunderschönes Kleid und hatte sich eine neue Frisur ausgedacht. Der Burgherr sah sie plötzlich mit anderen Augen, und noch in dieser Nacht wurde sie seine Geliebte.

Orlando bei der Fürstin im Spessart

»Mit Sicherheit könnt Ihr schreiben und lesen, edler Ritter. Wenn Ihr ein Stückchen Leder habt, werde ich Euch ein paar Hinweise geben, schreibt sie auf. Notfalls auf das innere Leder Eures Sattels.«

Sie reicht ihm ein dünnes, fast verkohltes Stückchen Holz, und er beginnt damit auf seinen Lederbeutel zu schreiben.

»Ist sie ganz alleine unterwegs in diesem gefährlichen Wald der Raubritter?«

»Nein. Sie wurde ein Stück begleitet.«

»Wollt Ihr mir Euren Namen nennen, damit ich weiß, wer mir die wichtigen Informationen gegeben hat?« Orlando schaut die Frau bittend an.

»Ich bin die Fürstin. Hier kennt mich jeder.«

»Nur Fürstin? Habt Ihr auch einen anderen Namen?«

»Den hatte ich einmal. Ihn gibt es für mich seit langem nicht mehr. Wenn Ihr hier Euer Lager aufschlagen wollt, so könnt Ihr ohne Furcht übernachten. Bitte stellt mir keine weiteren Fragen über die Vergangenheit, das ist meine Bedingung. Bei mir seid Ihr sicher, Ritter Orlando.«

»Danke, Fürstin!« Er nimmt das Angebot gerne an, denn am nächsten Morgen will er bei Tagesanbruch seine Suche nach Francesca fortsetzen.

»Wie kommt es, dass Ihr, als Ritter des Königs, alleine unterwegs seid? Sucht Ihr das Mädchen für den König?«, will die Fürstin wissen.

»Nein. Ich habe die Truppe freiwillig verlassen, auf eigene Faust, wegen dieser wunderbaren Frau.«

Nachdenklich deutet die Fürstin auf den Strohsack, auf dem er sich ausruhen kann. »Habt Ihr auch an die Konsequenzen gedacht? Wie wird der König reagieren? Ist sie das wirklich wert, dass Ihr Euer Leben für sie riskiert?« Mehr sagt sie nicht.

Von seinen mitgebrachten Vorräten isst er nur ganz wenig, dann legt er sich wortlos auf einen Strohsack in der Ecke und schläft ein.

Weiterreise ins Ungewisse

Nachdem er den Wald ohne große Gefahr durchstreift hat, kommt er an einem kleinen Dorf mit wenigen Häusern vorbei. Schon von weitem sieht er den Galgen, an dem ein lebloser menschlicher Körper baumelt.

Er reitet auf das Feld zu, das von einem Bauern bearbeitet wird, und will von ihm wissen, was der Gehängte verbrochen hat.

Unaufgeregt berichtet der Bauer, dass es sich um einen Dieb handelt, der einen Bienenstock gestohlen hatte. Die Strafen für solch einen Diebstahl sind drakonisch, denn es geht um das Wachs für die Kerzen und um den Honig, der zum Süßen der Speisen verwendet wird. »Wenn er einen Ochsen gestohlen hätte, wäre er auch gehängt worden. Aber das ist doch jedem bekannt! Das hat er bestimmt schon vorher gewusst und gehofft, dass er nicht erwischt wird.« Der Bauer hebt die Schultern. Er hält die Strafe für gerecht.

Obwohl Orlando schon viele schlimme Dinge gesehen und erlebt hat, rührt ihn das Schicksal des unbekannten Mannes.

Er richtet sich nach den Notizen, die er sich bei der Fürstin gemacht hat und hofft, das Ziel seiner Reise bald erreicht zu haben.

Einsamkeit drückt auf sein Gemüt. Niemand ist da, mit dem er ein Gespräch führen kann. Die Begegnung mit dem Bauern und dem Toten am Galgen geht ihm nicht aus dem Kopf. Um nicht zu verzweifeln, spricht er laut mit seinem Pferd. Leider antwortet es nicht.

Nur die Hoffnung, Francesca bald zu sehen, gibt dem sensiblen jungen Mann Kraft, durchzuhalten.

Ab und zu gönnt er seinem Pferd eine Verschnaufpause und lässt es am Wiesenrand das frische Gras fressen. Er schaut sich gründlich um in einer Gegend, die er noch nie bereist hat. Niemals war er alleine unterwegs auf den Reisen über die Alpen, in einem fremden Land, auf unterschiedlichen Wegen.

Plötzlich bleibt sein Blick in der Ferne an einer Erhebung hängen. Steht dort die Burg, die er aufsuchen will? Um genauer zu sehen, schließt er die Augen ein wenig und fokussiert die Burg. Schnell steigt er aufs Pferd, treibt es an, um schneller zu dem Berg zu gelangen. Er hofft von ganzem Herzen, dass er sich nicht irrt und sie dort findet.

Orlandos Ankunft auf der Burg Colmberg

Georg ist zufrieden mit der Ausbildung der Bauern. Gerade hat er sie vom täglichen Training entlassen und nach Hause geschickt, als er von der Burgmauer aus einen einsamen Reiter auf den Hügel zureiten sieht.

Mit zusammengekniffenen Augen beobachtet er ihn, wie er sich der Burg furchtlos nähert. Unterhalb der Mauer pflückt Francesca Kräuter für die Küche und bemerkt ebenfalls den herannahenden Reiter. Wie jemand aus dem Tross des Königs ist er gewandet, denkt sie noch, da fällt sein Pferd in einen schnellen Galopp und wird kurz darauf direkt neben ihr hart durchpariert.

Schwungvoll steigt der Reiter ab, bleibt kurz stehen, läuft mit ausgebreiteten Armen auf Francesca zu und schließt sie fest in seine Arme mit den Worten:»Endlich habe ich Euch gefunden!«, und küsst sie. Francesca beginnt, sich zu wehren, als er sie herumwirbelt.

»Orlando, hört auf damit! Was macht Ihr, wo kommt Ihr so plötzlich her? Bitte lasst mich sofort los!«

»Die Fürstin hat mir verraten, wo ich Euch finden kann. Ich bin so glücklich!« Er strahlt sie an, alle Müdigkeit und seine Hoffnungslosigkeit sind aus seinem Gesicht verschwunden.

In den Mann, der oben an der Schlossmauer die sehr ungestüme Begrüßung durch den fremden Ritter beobachtet hat, kommt Bewegung. Er läuft, so schnell er kann, nach unten und baut sich zwischen den beiden in bedrohlicher Haltung auf.

»Wer seid Ihr? Was wollt Ihr von Francesca?« Ziemlich ungehalten reagiert Georg auf den fremden Besucher und legt schützend seinen Arm um die junge Frau. Ist das etwa der Ritter Mario? Den hatte er hässlich und viel älter in Erinnerung. Oder Francescas Bruder? Aber der hätte sie mit Sicherheit nicht innig geküsst. Bevor er weiter grübelt, erhält er die Antwort.

»Es tut mir leid, ich habe vor Freude überreagiert. Ich bin Orlando di Mantova und überglücklich, dass sie die gefährliche Strecke von Gelnhausen bis hierher überlebt hat. Bitte verzeiht mir.«

Francesca streicht ihm liebevoll über den Arm und die Wange. »Schon gut. Bitte, Georg, nimm ihn als unseren guten Freund mit auf die Burg. Er hat mich immer vor Marios gemeinen Angriffen beschützt.«

Vor dem Kamin erfahren Francesca und Georg, was sich nach ihrer Flucht ereignet hat, welches Risiko Orlando selbst eingegangen ist, aus Sorge um ihr Leben. Über Alessandro weiß er nichts Neues zu berichten. Bei seiner Abreise ging es ihm bestens.

Nachdem Orlando enttäuscht feststellt, dass er seine große Chance vor Monaten verpasst hat, Georg und Francesca liiert sind und heiraten wollen, fügt er sich den Tatsachen. Zurück zum Tross kann er nicht mehr, in seiner Heimat nimmt man jemanden, der seine Kämpfer im Stich gelassen hat, nicht mehr auf.

Dem Burgherren gefällt es außerordentlich gut, dass nun ein weiterer, kampferprobter Ritter unter seinem Dach lebt. Er bietet Orlando an, auf der Burg zu leben, so lange er möchte, und sich der Gruppe der Bauern unter Georgs Führung anzuschließen und um mit ihm zusammen die Männer zu trainieren.

Der Ritter des Königs stimmt dem Angebot mit großer Freude zu. Hier kann er zunächst unerkannt und ohne Angst vor dem Zorn des Ritters Mario leben und zusammen mit den mutigen Bauern die Region gegen Überfälle verteidigen und beschützen.

Ritter Orlando wird vermisst

Auf der Burg Münzenberg erwartet man die Rückkehr des zuverlässigen Ritters und ist besorgt, als er nicht, wie zuvor verabredet, zurück kommt. Ist ihm auf dem Weg zwischen der Kaiserpfalz in Gelnhausen und der Burg Münzenberg etwas zugestoßen? Wurde er überfallen, getötet, liegt er irgendwo verletzt und hilflos auf dem Waldboden, auf einer Wiese?

Ritter und Knappen suchen verzweifelt die Strecke ab, die er genommen haben könnte. Bis zur Kaiserpfalz reiten sie zurück, aber niemand hat Orlando gesehen.

Nach zwei Tagen ist klar, dass Orlando den Tross ohne Erlaubnis des Königs oder auch des Anführers verlassen hat.

Mario ahnt, dass sich der junge Mann abgesetzt hat, um Francesca zu finden und mit ihr zu fliehen. Diesen Ungehorsam kann und will er sich keinesfalls bieten lassen. Beim König bittet er um einen sehr privaten Termin.

In seinen Privaträumen, im Palas, erwartet der König seinen engsten Freund. Der berichtet, was er vermutet und bittet den König, ihn für eine Weile von seinen Aufgaben als Anführer zu entbinden.

»Vergiss diese Frau, Mario! Sie bringt unser aller Leben durcheinander, obwohl man ihr keine Schuld daran geben kann. Zu viele Männer begehren sie. Wer weiß, wohin sie vor dir geflüchtet ist. Nur aus verletzter Eitelkeit musst du nicht darauf bestehen, dass sie dich heiratet. Ob Orlando sie überhaupt findet, kann niemand sagen. Vielleicht ist er auf der Via Regia unterwegs, vielleicht im Spessart den Räubern in eine Falle gelaufen. Halte den Tross zusammen und heirate endlich die Novizin, mit der du jahrelang ein Verhältnis hast.«

Mit aller Macht versucht der König, Mario davon abzubringen, Francesca oder auch Orlando zu suchen.

Mario ist stur, er will sich nicht unterwerfen. »Friedrich, ich falle vor dir auf die Knie, wenn es sein muss, aber bitte lass mich ziehen!«

Der König fühlt sich seinem alten Spielkameraden und dem Anführer seiner Ritter verpflichtet und gibt ihn ungern frei.

»Wir treffen uns in Augsburg, wenn ich die Rückreise nach Rom antrete. Soviel Zeit gewähre ich dir. Aber ich sage dir eines, du machst einen großen Fehler, Mario. Du kannst eine Frau niemals zur Liebe zwingen. Sie muss es selbst wollen …«

Mario nickt unterwürfig, legt seine rechte Hand auf sein Herz und verbeugt sich vor seinem Freund und König.

»Ich danke dir, Frederico, grazie mille!«

Im Morgengrauen bei frühlingshaften Temperaturen macht Mario sich auf, Francesca und Orlando zu suchen. Sein Gefühl sagt ihm, dass sie sich nach Süden, in ihre Heimat absetzen.

Obwohl er nicht der Mutigste ist, reitet er, gut geschützt in seiner Rüstung, in den Spessart. Durch Zufall stößt er auf die Fürstin, die im Wald ihre Kräuter sucht. Die unbewaffnete Frau konnte nicht mit einem Besucher rechnen.

Nach Francesca und Orlando suche er, im Namen des Königs, lügt er. Die Frau ahnt, wen sie vor sich hat und schweigt. Da springt Mario vom Pferd und hält der erschrockenen Frau ein Messer an den Hals.

»Du weißt mehr, als du mir sagst, ich spüre das. Ich lasse dir dein armseliges Leben, wenn du mir sagst, ob du sie kennst. Sind sie hier vorbeigezogen? Wohin wollen sie? Los, Alte, sag es mir, sonst …«

»Ich weiß es nicht! Lasst mich alte Frau in Ruhe!«

Mario dreht das Messer mit der scharfen Spitze an den Hals der Frau und ritzt die Haut ein. Als die Fürstin bemerkt, dass ihr warmes Blut den Hals herunter läuft, gibt sie nach. Ganz sicher ist sie, dass er sie töten wird, wenn er keine Auskunft über den Verbleib von Francesca erhält. Dieser Strolch soll ihr Leben nicht beenden.

»Sie sind nach der Burg Colmberg gezogen, in diese Richtung, acht Tagesreisen von hier vielleicht.«

»Na siehst du, wie schnell du plötzlich weißt, wo sie sind«, schreit er sie an. Dabei gibt er ihr einen Stoß, sie taumelt und schlägt hart mit dem Hinterkopf an einen Baumstamm. Er kümmert sich nicht darum, was er angerichtet hat, sondern lässt sie einfach liegen.

Tagelang durchstreift er das Gebiet, befragt durchziehende Pilger und Händler, aber keiner hat die beiden gesehen. Entlang des Mains führt ihn seine Route, damit er immer genügend Wasser für sich und sein Pferd zur Verfügung hat.

Erschöpft von dem andauernden schnellen Tempo trottet sein Pferd mit hängendem Kopf. Auch Mario ist kurz davor, zu resignieren. Als er glaubt, er würde die Burg niemals finden und die Alte hätte ihn an der Nase herum geführt, entdeckt er oberhalb eines kleinen Dorfes eine Burg.

Die Bauern auf den Feldern beobachten den fremden Ritter sehr genau und mit Argwohn. Sofort befinden sie sich in Alarmbereitschaft. Alle sind mittlerweile von Georg gut trainiert und furchtlos. Ist das die Vorhut einer Gruppe von gemeinen Plünderern, wollen sie uns um unser Hab und Gut bringen, und zu guter Letzt alles, was noch übrig ist, niederbrennen? Das lassen sie sich nicht bieten. Das gemeinsame Training und die Fürsorge ihres Lehnsherren hat sie zusammengeschweißt, sie treten auf, wie eine kleine Armee.

Ein lauter, schriller Pfiff, um sich untereinander zu warnen und zu sammeln, geht von Feld zu Feld. Sie stürmen nach Hause, satteln die Pferde, greifen zu ihren Waffen und treffen sich unterhalb der Burg.

Auch Georg sind schnelle Bewegungen auf den Wiesen und Feldern nicht entgangen. Sofort informiert er Orlando über die

Warnung der Bauern. Dann sieht auch Orlando den einzelnen Reiter in voller Rüstung mit dem Zeichen des Königs und weiß, wer sich auf dem Rachefeldzug befindet.

»Schnell, Georg, bring Francesca in Sicherheit, ich habe keinen Zweifel daran, dass es sich bei dem Reiter um Mario di Lombardia handelt. Er kommt, um sich zu rächen, an ihr und an mir.«

Georg hat im Spessart gelernt, wie man in Windeseile reagiert und bereit sein muss, zu kämpfen.

»Orlando, zieh deine Rüstung an! Ich befürchte, dass es einen Kampf Mann gegen Mann geben wird.«

Der Burgherr stürmt herbei, er will noch veranlassen, dass das Fallgitter heruntergelassen wird, aber dafür es ist schon zu spät. Der Ritter, der Francesca sucht und sich offenbar rächen will, steht bereits kurz darauf mit seinem Pferd im Burghof.

»Edler Ritter, Ihr tragt das Wappen des römisch-deutschen Königs. Habt Ihr vielleicht Eure Ritter und den Tross verloren?« Mit Schalk im Nacken tritt der Burgherr aus der Tür und fragt den Eindringling nach dem Grund seines Besuchs. In wenigen Worten wurde ihm zuvor von Georg berichtet, um wen es sich hier handelt. Vorsichtiges Abtasten ist angebracht!

Der fremde Ritter lässt sich nicht provozieren, sondern wird sofort laut: »Meine Braut suche ich! Sie wurde vermutlich von einem Orlando di Mantova entführt und soll sich auf dieser Burg befinden. Er war, genau wie ich, Ritter des Königs Friedrich II. Ich habe seine Truppe angeführt.«

Stolz wie ein Gockel steht Mario nun neben seinem erschöpften Pferd. Prüfend schaut er in die grimmigen, entschlossenen Gesichter der schnell eingetroffenen Bauern. Der ausgelöste Alarm zwischen ihnen hat bestens funktioniert.

Der Burgherr gibt ihnen ein Zeichen, dass alles in Ordnung ist und sie zu ihrer Arbeit zurückkehren können. Dann wendet er sich wieder an den Besucher: »Wir haben hier nur eine alte Köchin, die kann nicht Eure Braut sein, oder? Ach ja, und meine Lebensgefährtin. Wie kommt Ihr überhaupt auf die merkwürdige Idee, dass Eure Braut auf meiner Burg leben soll? Ich entführe keine Frauen. In meiner Jugend hätte ich das vielleicht gemacht, aber jetzt, in meinem Alter??«

Mario atmet tief durch und scheint zu überlegen, ob ihn die Alte im Spessart vielleicht an der Nase herumgeführt hat. Wie so oft knirscht er mit den Zähnen und reibt sich über seine rote Narbe im Gesicht.

»Ich suche auch den Ritter Orlando di Mantova, der meine Truppe mit den Rittern des Königs unerlaubt verlassen hat. Ist er hier? Ihm droht die Todesstrafe!«

Im selben Moment treten Orlando und Georg in den Burghof. »Ja, ich bin hier!«, ruft Orlando.

»Ihr habt sie entführt«, schreit Mario ihn wütend an, »das werdet Ihr mit Eurem Leben bezahlen!«

Bevor Orlando etwas sagen kann, stellt sich Georg breitbeinig vor den Eindringling. »Orlando hat Francesca weder entführt noch hierher gebracht. Und ich empfehle Euch, schnellstens auf Euer Pferd zu steigen und diese Burg zu verlassen. Ich kann mich nicht erinnern, Euch eingeladen zu haben und garantiere nicht für Eure Unversehrtheit. «

Mario sieht ihn an, er erkennt plötzlich die verblüffende Ähnlichkeit mit seinem Freund, dem König, und bleibt mit offenem Mund stehen. Er glaubt an eine Halluzination nach der anstrengenden Reise. Schnell fängt er sich und fragt:

»Wer seid Ihr? Seid Ihr ein Verwandter des Königs? Diese Ähnlichkeit … Und Ihr tragt das gleiche verzierte Schwert wie der König«, kommt es kleinlaut herüber.

»Ich bin Georg von Münzenberg und ersuche Euch noch einmal, schnellstens die Burg meines Onkels zu verlassen.« Die Frage nach der Ähnlichkeit mit dem König ignoriert er.

»Ich gehe nicht ohne Francesca. Gebt sie sofort heraus! Wo steckt dieses verdammte Luder?«

Francesca steht in der Küche und hört durch das seitliche Fenster die nicht sehr freundliche Unterhaltung der Männer. Angst hat sie um Georg und Orlando, die beiden, die immer für sie da sind. Mario dagegen ist brutal zu Schwächeren und unberechenbar, das weiß sie.

Aber Georg, der sein neues Schwert stets am Gürtel trägt, ist blitzschnell in Alarmbereitschaft. Er zieht das Schwert, ein kratzendes, metallisches Geräusch ertönt und seine grünen Augen funkeln wild. Für Francesca riskiert er alles, und beleidigen lässt er sie auch nicht.

Mario zieht ebenfalls sein Schwert, aber nicht so flink wie Georg, dessen Schwertspitze blitzschnell auf Marios Herz zeigt. Der durchtrainierte junge Raubritter, der schon viele solcher Situationen erlebt und gemeistert hat, kennt keine Angst. Er weiß, dass er ein schneller und umsichtiger Kämpfer ist. Trägheit kann zum Tod durch das Schwert des Gegners führen.

Ein kurzer Kampf zwischen den beiden Männern entfesselt sich. Plötzlich wird Mario abgelenkt, denn Francesca erscheint in der Tür. Georg greift an, das Schwert des königlichen Ritters fliegt in hohem Bogen auf die Erde, der taumelt ein paar Schritte und liegt auf dem Rücken – wehrlos.

Georg richtet seine messerscharfe Schwertspitze auf Marios Hals, mit einem kurzen Stoß hätte der Mann, der Franziska immer belästigt und beleidigt hat, ganz schnell sein Leben ausgehaucht. Den Ehrenkodex der Ritter nimmt auch der junge Raubritter für sich in Anspruch. Einen unbewaffneten Gegner tötet man nicht. Ob überhaupt jemand um ihn getrauert hätte?

Mit zusammengekniffenen Augen beobachtet er den am Boden liegenden Ritter, der in dieser miesen Lage weder gefährlich noch mutig wirkt. Laut spricht er den Besiegten an.

»So, wie Ihr jetzt hier vor mir am Boden liegt, könnt Ihr bestimmt sehr gut zuhören. Ihr habt Zeit. Francesca ist meine Frau, Ritter Orlando hat sie nicht entführt, sondern nur gesucht, um sie vor Euch zu beschützen. Und jetzt wiederholt vor allen, die hier im Burghof versammelt sind, die Worte: Ja, ich habe es verstanden und akzeptiere das.«

Mario krächzt die Worte leise und undeutlich in seinen Bart, aber niemand versteht sie. Ein strenger Blick trifft ihn. Es dauert geraume Zeit, bis er sich räuspert und die Worte etwas deutlicher wiederholt.

Erniedrigt steht er mühsam auf und sieht sich umringt von vielen Menschen mit Schadenfreude in den Gesichtern. Aus der Menge tritt der Burgherr auf ihn zu und reicht ihm freundlich die Hand mit den Worten »Ihr seid heute mein Gast. Bis morgen wird sich Euer Ross ganz bestimmt erholt haben, dann könnt ihr weiterziehen.« Diese Ansage ist klar und deutlich.

Tatsächlich nimmt Mario diese Einladung an und sitzt geknickt und unterwürfig am Tisch, wie man ihn nie zuvor gesehen hat. Ist sein Verhalten hinterlistig oder fühlt er sich wirklich gedemütigt?

Francesca zieht sich zurück, sie will diesem Mann nicht mehr in die Augen sehen müssen. Nach dem Mahl wendet er sich an Orlando und fragt ihn, ob er mit ihm zusammen nach Augsburg reiten würde, wo man sich mit dem König zur Weiterreise nach Rom trifft.

Dass sich Mario durch diese Niederlage geändert hat, glaubt Orlando nicht. Dem Mann kann man nicht trauen. Ein Blick über den Tisch zu Georg bestätigt ihm den Verdacht. Fast unmerklich schüttelt Georg den Kopf. Somit ist entschieden, dass Orlando nicht nach Augsburg reitet, sondern auf der Burg bleibt.

Da er sich in Gelnhausen unerlaubt von der Truppe entfernt hat, muss er mit Konsequenzen rechnen, das ist ihm klar. Auf ein gutes Wort des hinterlistigen, eifersüchtigen Ritters Mario kann er nicht vertrauen und erst recht nicht hoffen. Der würde es sogar schaffen, ihn an den Galgen zu bringen, wegen was auch immer. Das wissen er und auch der Raubritter Georg von Münzenberg, für den Mario schon lange kein Unbekannter ist.

Aber woher weiß er, dass sich Francesca oder auch Orlando hier auf der Burg Colmberg, weit entfernt von der üblichen Route des Königs, aufhalten könnten? Es kann kein Zufall sein, dass er sie gefunden hat.

Dem Raubritter ist nicht wohl bei dem Gedanken, dass der Aufenthaltsort vielleicht von seiner Mutter, der Fürstin, erpresst wurde. Außer ihr weiß niemand, wohin Francesca geflüchtet ist.

Mit seinem Onkel führt er ein kurzes Gespräch und entscheidet sich, nach der Abreise von Ritter Mario in den Spessart zu reiten, um nach seiner Mutter zu schauen.

Vergeblich versucht er nach dem Mahl, den Ritter aus der Reserve zu locken, um mehr zu erfahren. Aber dieser raffinierte Kerl, der die verwandtschaftlichen Beziehungen weder zu seiner Mutter noch zu seinem Halbbruder kennt, wittert eine Falle. Den zuvor im Burghof verlorenen Kampf hat er offenbar eiskalt weggesteckt.

In der Nacht liegt Francesca lange wach. Sie traut Mario zu, auch nach seiner vermeintlichen Abreise nach Augsburg, schnell wieder hier auf der Burg zu erscheinen. Leise spricht sie auch mit Georg darüber. Er hat am Abend bereits Anweisungen zu ihrer Sicherheit gegeben, denn er lebt bei seinem Onkel wie der Erbe und darf Entscheidungen zum Wohl aller selbst treffen.

Nach der Abreise des ungebetenen Gastes wird künftig das Fallgitter geschlossen bleiben, nur Menschen, die auf der Burg arbeiten oder den Burgherren besuchen, werden eingelassen.

Francesca darf sich zur eigenen Sicherheit vorläufig nicht mehr alleine außerhalb der Mauern aufhalten.

Die junge Frau erinnert sich plötzlich an die Zeit mit Agatha und deren Ratschläge. »Nimm dir immer ein scharfes, spitzes

Messer unter den Rock und trage es so bei dir, dass du es jederzeit schnell benutzen kannst, wenn es erforderlich ist.«

Früh am Morgen läuft sie barfuss die Holztreppe hinunter bis in die Küche. Die Köchin, die am Herd den Haferbrei für alle vorbereitet, wundert sich über den frühen Besuch. »Brauchst du etwas, Francesca?«, fragt sie, als sie bemerkt, dass sich Francesca suchend umschaut.

»Ja, ich brauche ein scharfes, spitzes Messer. Sofort, Anna«, antwortet sie ernst.

»Was hast du vor? Du willst aber niemanden umbringen, oder?« Anna lacht, denn sie traut Francesca nichts Böses zu. Doch die Antwort verursacht ihr Gänsehaut.

»Ich muss mich vor den Belästigungen durch Ritter Mario schützen.« Mit diesen Worten ergreift sie das Messer, das ihr die Köchin zeigt und verlässt eilig das Untergeschoss. Sprachlos, mit offenem Mund und einem mulmigen Gefühl, bleibt die Köchin zurück.

Wenig später sitzt der Burgherr mit seinen Gästen am Tisch, jeder bekommt eine Schale warmen Haferbrei zum Frühstück.

Alle hoffen, dass sich der unangenehme Eindringling bald verabschiedet und sie ihn nie mehr wiedersehen müssen. Da kommt auch schon seine Ankündigung, von Unterwürfigkeit, nach dem verlorenen Kampf, keine Spur. Hochnäsig äußert er sich über seinen Plan.

»Ich werde mich nun bald auf den Weg nach Augsburg machen, leider muss ich dem König mitteilen, was ich hier vorgefunden habe. Das ist meine Pflicht. Schließlich hat er seine Zustimmung zu meiner Vermählung mit Francesca gegeben …«

Wortlos stehen die anderen Männer, die mit an dem Tisch sitzen, auf.

»Lauft schon voraus zum Stall, ich hole noch meinen Beutel aus der Kammer«, meldet sich der königliche Ritter Mario ab und steigt hinauf in das Obergeschoss.

»Wenn Georg ihn nur getötet hätte, diesen Verräter«, denkt Francesca im selben Moment und verlässt wütend das Kaminzimmer.

Als sie sich wenig später auf der Treppe vor der Wäschekammer befindet, hört sie schwere Schritte. Alle Männer sollten doch im Stall sein, oder? Tatsächlich kommt ihr der verhasste Mann entgegen. Wie hat er es nur geschafft, die anderen Bewohner in die Irre zu führen, sie in den Stall zu schicken? Gierig greift er nach ihr und zischt:»Hol dein Bündel, sofort! Wir zwei reisen ab. Du gehörst mir, ich habe dich von dem armseligen Bauerhof geholt und zum Tross des Königs gebracht. Wenn du nicht freiwillig mit mir gehst, dann sage ich dir eins. Ich komme wieder und hole dich, da kannst du sicher sein.«

Dabei dreht er sie blitzschnell um, greift mit einer Hand in ihren Ausschnitt und hält ihr mit der anderen rauen Hand den Mund zu, als sie zu schreien beginnt. Schnell stößt er mit seinem Hinterteil die nächste Tür auf und zerrt Francesca rückwärts ins Zimmer hinein.

»Wenn du nur einen Ton von dir gibst, bringe ich dich um. Ja, meine liebe Francesca, das ist jetzt die Gelegenheit, dein Versprechen einzulösen. Keiner der Männer ist in der Burg, alle sind auf dem Weg in den Stall. Wir beide können uns ausgiebig lieben. Fast ein ganzes Jahr warte ich auf diese Gelegenheit. Das macht mich wahnsinnig.« Dabei dreht er sie um und reißt ihr mit einem Ruck das Kleid vom Ausschnitt bis zur Taille auseinander.

Francesa denkt trotz panischer Angst daran, wie sie diese Situation überleben kann und ändert ihr Verhalten spontan.

»Mario, mein Lieber, das ist ein Missverständnis, verzeih mir, auch ich sehne mich nach dir, es sollte nur niemand wissen.«

Eng schmiegt sie sich an seine Brust, ihr Oberkörper ist fast nackt, dabei legt sie einen Arm um seinen Hals, und lässt ihn glauben, sie meine es ernst mit der Zuneigung für ihn. Sein schlechter Atem schlägt ihr entgegen.

Langsam zieht sie das Knie an, haucht ihm zärtlich »Mario!« ins Ohr und streift an seinem Schenkel entlang, verzweifelt auf der Suche nach dem Messer.

Mario kann es nicht glauben, welche Gefühle sie plötzlich für ihn hegt und in ihm entfacht. Sein Verstand ist vollkommen ausgeschaltet. Genussvoll schließt er die Augen, vergisst alles um sich herum. Er greift ihr unter den Rock und säuselt verliebt und gierig »Was hast du denn da Schönes für mich unter deinem Rock?« Er kann es kaum erwarten, endlich ans Ziel zu gelangen.

Doch Francesca erschrickt und glaubt, er habe das Messer im Strumpf entdeckt und wolle sich über sie lustig machen. Im Kampf hätte sie keine Chance gegen den weitaus größeren und stärkeren Mann.

Wieder streicht sie mit dem Bein an seinem Schenkel entlang, lustvoll beginnt er zu stöhnen. Im selben Moment greift sie mit der anderen Hand langsam nach dem Messer im Strumpf. Was auch immer er erwartet, er reagiert entzückt.

»Endlich, meine Schöne, jetzt hast du verstanden, was ich von dir will, und du willst es auch, das spüre ich. Komm mit mir.«

Kaum hat er das letzte Wort ausgesprochen, verzieht sich sein Gesicht zu einer unansehnlichen Fratze, er greift sich an den Hals und schaut noch entsetzt auf seine blutverschmierten Hände. Dann bricht er röchelnd zusammen. Plötzlich bäumt er sich auf und versucht, Francesca zu sich herunter zu ziehen. Seine Hände greifen nach ihrem Hals. Sie stößt ihn zurück.

Sein Körper beginnt zu zucken, die Hände werden schlaff. Der Kampf der beiden um Leben und Tod ist beendet. Mit weit geöffneten Augen liegt Mario regungslos am Boden. Francesca schaut ungläubig auf ihre blutverschmierten Hände und das Messer. Wie in Trance steigt sie über den leblosen Körper und läuft in ihrem zerrissenen Kleid schreiend zu Georg, der sich noch im Untergeschoss aufgehalten hat.

»Mario ist tot!«, brüllt sie laut heraus, wie von Sinnen. Sein fragender Blick fällt auf das zerrissene Kleid, die blutverschmierten Hände und das Küchenmesser. »Er hat mich wieder massiv belästigt und bedroht. Aufgeben wollte er mich nicht. Ich musste mich wehren. Ich habe ihn erstochen, Georg, jetzt werde ich hoffentlich endlich meine Ruhe finden! Einer musste es tun.«

Leichenblass setzt sie sich auf einen Stuhl und weint hemmungslos. Die Köchin bringt ein Tuch, damit sie ihre Blöße bedecken kann und eine Schüssel mit Wasser, um ihr das Blut von den Händen zu waschen.

Durch den markerschütternden Schrei aufgeschreckt wurden auch Orlando und der Burgherr, die von draußen angerannt kommen. Alle versuchen, sie zu beruhigen. Die Köchin bringt ihr einen Kräutertee, die Frau mit der blütenweißen Schürze nimmt Francesca in den Arm und wiegt sie hin und her, wie ein Kind, während die Männer sich um die schnelle Beseitigung der Leiche kümmern.

In Windeseile spricht sich in der Burg herum, was sich zugetragen hat. Stillschweigen über diesen Vorfall wird vereinbart, außerdem ist das längst Ehrensache. Niemand außerhalb der Burg erfährt von dem – ach so tragischen – Ableben des königlichen Ritters. Keiner, der ihn kennenlernte, bedauert den plötzlichen, etwas gewaltsamen Tod.

Nur mit Francesca zeigen sie großes Mitleid, die ihre mutige, aber grausame Tat verkraften muss.

Ein tiefes Grab wird im nahen Wald ausgehoben und in der Nacht sein Leichnam bestattet. Einen Hinweis auf denjenigen, der hier unter der Erde liegt, wird es nicht geben.

Gras wird darüber wachsen.

Die Rüstung, das Schwert und das Pferd verbleiben auf der Burg.

Viele Tage versteckt sich Francesca weinend in ihrem Zimmer. Das Wissen, dass sie einem Menschen das Leben genommen hatte, ist sehr schlimm für sie. Sie schämt sich für die Tat, die in Notwehr geschehen ist.

Die Frauen auf der Burg, die ihr alle sehr nahe stehen, führen lange, intensive Gespräche mit ihr, um zu zeigen, dass dieser grässliche Mensch ihr Leben bestimmt hatte. Ein Jahr lang, seit sie von ihrem Vater gewaltsam weggerissen worden war, litt sie unter seinen ständigen Belästigungen. Frei soll sie sich ab jetzt fühlen, nicht mehr traurig sein!

Der Burgherr, sein Neffe Georg und Orlando sitzen im Kaminzimmer und überlegen, ob und wie man den König informieren müsste. Zwei Monate sind seit dem Tod von Mario vergangen.

Schließlich erklärt sich Orlando bereit, den Weg nach Augsburg alleine anzutreten, um den König vom Tod seines Freundes zu informieren. Ob er von dort aus im August mit dem Tross zusammen zur Kaiserkrönung nach Rom reisen darf, muss der König entscheiden. Orlando signalisiert den beiden Männern, dass er auch gerne wieder hierher zurückkommen würde.

Georg steht auf und läuft rastlos hin und her. Dann trifft er eine Entscheidung.

»In fünf bis sechs Tagen ist die Strecke zu bewältigen, aber ich werde dich begleiten. Zusammen informieren wir Friedrich, dass sein Freund verstorben ist. Man erzählt sich, dass er manchmal sehr jähzornig sein soll. Wir können es nicht einschätzen, wie er reagiert, wenn er eine schlechte Nachricht erhält. Ich bin auf jeden Fall bei der Unterredung mit ihm dabei, um dich zu schützen. Schließlich hast du unerlaubt die Truppe verlassen.«

Orlando nickt nachdenklich. »Du hast recht, der Tod seines engsten Freundes wird ihn hart treffen, wir werden ihm einige unerfreuliche Dinge erklären müssen.«

Am Abend im Schlafzimmer erzählt Georg von dem Plan, Orlando nach Augsburg zu begleiten. Francesca bekommt Angst und weint.

»Du bist hier auf der Burg absolut sicher, du musst dich nicht ängstigen, dein größter Widersacher lebt nicht mehr. Wenn ich in Augsburg alles geklärt habe, werde ich zu meiner Mutter reiten. Ich muss wissen, dass es ihr gut geht.«

»Vielleicht möchte sie ja mit dir nach Colmberg kommen, um ihren Bruder zu sehen? Er verfügt über genügend Platz, um seine Schwester hier aufzunehmen, meinst du nicht auch?«

»Morgen bespreche ich alles mit ihm. Danach bereite ich die Abreise vor.«

Der Fürst zu Colmberg zeigt sich begeistert von der Idee, seine Schwester auf die Burg zu bringen. Der Umstand, dass sie schon fast fünfundzwanzig Jahre im Spessart in einer Hütte »haust«, muss ein Ende haben, das betont er.

»Aber um sie zu uns zu bringen, brauchst du einen kleinen Wagen. Ich kann mir nicht vorstellen, dass sie zusammen mit dir, eng umschlungen wie mit Franziska, auf einem Pferd reiten wird.«

Bei dem Gedanken, beginnt er laut zu lachen. Dabei fällt ihm ein, dass es schon eine ganze Weile her ist, als er das letzte Mal so richtig herzhaft gelacht hat. Mit einem freudigen Blick auf den Neffen bemerkt er: »Das Lachen ist mit dir wieder bei uns eingezogen! So soll es weiterhin bleiben. Ich danke dir!«

Georg und Orlando reisen nach Augsburg

Bei einem langen Gespräch am Vorabend der Abreise besprechen die Männer vor dem Kamin, ob sie auch die Rüstung von Mario an den König zurückgeben wollen. Sie entscheiden sich dafür, außerdem benötigen sie für die Vorräte ein weiteres Pferd. So soll Marios Schimmel zunächst als Packpferd dienen und in Augsburg der Truppe wieder zugeführt werden. Niemand will sich bereichern.

Francesca steht traurig am Pferdestall, als die Vorräte aufgeladen werden und die Männer ihre Pferde besteigen. Auch der Fürst von Colmberg verabschiedet die beiden.

»Wenn ich zurück bin, heiraten wir!«, ruft Georg ihr noch übermütig zu, und sie nickt nur und hofft, dass der Mann, den sie erst kürzlich gefunden hat und liebt, wieder gesund zu ihr zurück kommt.

Die beiden kampferprobten Männer reiten in den ersten Tagen nachdenklich und wortkarg in gemäßigtem Tempo, mit Rücksicht auf das Packpferd, das die Vorräte für die Reise und die Rüstung, mitsamt dem Schwert von Ritter Mario, transportiert. Drei Tage orientieren sie sich am Flusslauf der Altmühl, somit haben sie die Hälfte ihrer Strecke bewältigt. In der Stadt Neuburg suchen und finden sie anstatt einer Furt eine Brücke zur bequemen Überquerung der Donau.

Ihre Nächte verbringen sie im Freien, tagsüber ist es sehr warm, an Insekten sind sie gewöhnt, und zimperlich ist keiner von ihnen. Ab und zu gönnen sie ihren Pferden eine Pause, lassen sie das frische Gras fressen und strecken sich auf grünen Wiesenrainen aus.

Orlando fragt seien neuen Freund unterwegs einige Dinge über dessen Vergangenheit.»Georg, ich weiß aus einigen Gesprächen, dass du zu einer Gruppe von Räubern im Spessart gehört hast. Darf ich wissen, wie es dazu gekommen ist?«

»Ja, das darfst du wissen. Meine Mutter wurde von ihrer Familie verstoßen, weil sie nicht den Mann heiraten wollte, den die Familie ausgewählt hatte. Zudem war sie schwanger mit mir von einem hochangesehenen Mann.« Orlando hört der spannenden Erzählung sehr aufmerksam zu.

»Ach, was rede ich herum. Mein Vater war Heinrich VI., der sehr jung verstarb. Friedrich, unser König, ist mein Halbbruder.«

»Ihr seht euch sehr ähnlich, das muss man sagen. Weiß er dass du sein Halbbruder bist?«, wirft Orlando ein.

»Ja, aber wir haben uns bisher nur einmal zufällig getroffen. Die Begegnung hatte keinerlei Bedeutung für mich. Dass mich meine Mutter im Lesen, Schreiben und mit schnellen und effektiven Kampftechniken unterrichtete, haben wir schon berichtet. Eines Tages hatte sich ein Mann, der seinen Lebensunterhalt mit Überfällen auf Händler und Pilger verdiente, tatsächlich im Wald verirrt und unsere Hütte gefunden.

Mutter und ich trainierten Kampftechniken vor der Hütte und er sah zu. Ihm gefiel meine Wendigkeit und Kraft, so fragte er mich, ob ich auch etwas zu unserem armseligen Leben beisteuern wolle. Wir mussten oft Hunger leiden, deshalb nahm ich sein Angebot dankend an. Damals war ich siebzehn Jahre alt.«

»Wart ihr nur zu zweit, wenn ihr durchziehende Händler überfallen habt? Wie sind die anderen Männer zu euch gestoßen?«

»Ja, zunächst benötigten wir ein Pferd für mich, zu Fuß konnte man niemanden überfallen, nicht so schnell vorwärts kommen und war unterlegen. Auch für die Flucht nach einem Überfall war ein Pferd der unentbehrliche Retter. Alles ging problemlos. Irgendwann hatte ich durch unsere Überfälle die komplette Ausrüstung eines Ritters beisammen und konnte viel furchtloser und aggressiver vorgehen, weil ich gut geschützt und durch den Helm mit dem Visier nicht zu erkennen war. Wir überfielen andere Menschen nur, wenn wir selbst nichts mehr hatten. Wer seine Waren freiwillig abgab, dessen Leben war nicht in Gefahr.«

Im Laufe der Jahre gesellten sich immer mehr arme Menschen zu uns, sie erbeuteten Waren, Pferde und Ausrüstungen. Der Zusammenhalt und die Ehrlichkeit untereinander waren für uns die wichtigsten Dinge. Wir bauten ein paar Hütten im tiefen Wald, um das Diebesgut, das wir nicht sofort benötigten, unterzubringen. Ja, Orlando, das war mein bisheriges Leben.«

»Deiner Mutter hast du viel zu verdanken. Sie hat dich, wie den Sohn eines Ritters erzogen und auf höfisches Leben vorbereitet. Deiner neue Aufgabe als junger Fürst zu Colmberg bist du gewachsen.«

Auch Orlando erzählt von seiner Kindheit und Jugendzeit, die um so vieles anders verlaufen war. Aus gutem Hause stammend, verbrachte er seine Kindheit und Jugend bei befreundeten Rittern, um eine gute Ausbildung zu erhalten. Die Bindung an seine eigene Familie war nicht stark, daher fiel ihm auch eine Trennung und der Anschluss an die königlichen Ritter nicht schwer. Unter ihnen gab es ebenfalls eine Gemeinschaft, das gegenseitige Vertrauen war lebenswichtig im Kampf und wuchs stetig.

Treffen mit dem König

Spät am Abend ist es, als sie müde die Stadt Augsburg erreichen. Orlando kennt den Weg zum Kloster am Stadtrand und weiß auch, wo er die Pferde unterbringen kann. Dort erfahren die beiden Männer, dass der König vor zwei Tagen mit seinem Tross eingetroffen ist. Nachdem die Tiere versorgt sind, klopfen die Reiter an die Klosterpforte und bitten um eine kurze Unterredung mit dem König.

»Wer seid Ihr? Wen soll ich melden? Ihr zwei habt Glück, der König hat heute keine Gäste geladen. Vielleicht empfängt er Euch«, lautet der hochmütige Kommentar des wachhabenden Knappen.

»Ich bin Georg von Münzenberg, neben mir steht Ritter Orlando. Es ist sehr wichtig.«

Im großen Speisesaal des Klosters sitzt Friedrich mit einigen seiner Ritter zusammen, die Marketenderinnen bedienen die Herren mit Bier und Wein. Auch Renata, die Novizin, hält sich an der Tür vor dem Speisesaal auf.

Als der Knappe zögernd den Saal betritt, schaut Friedrich kurz auf und winkt ihn zu sich. »Was ist los?«

»An der Pforte stehen Ritter Orlando und ein mir Unbekannter. Er trägt das gleiche Schwert wie Ihr, Majestät. Georg von Münzenberg ist sein Name. Sie wollen Euch sprechen. Es sei dringend.«

Friedrich erhebt sich und geht selbst zur Klostertür. Er öffnet sie und sieht sich fast seinem Ebenbild gegenüber.

»Georg, was machst du hier? Orlando, was ist passiert, dass ihr beide zusammen hier erscheint? Kommt mit in meine Privaträume.«

Orlando ergreift als Erster das Wort. »Zuerst bitte ich um Verzeihung, dass ich Münzenberg unerlaubterweise verlassen hatte. Ich wollte Francesca beschützen auf ihrer Flucht.«

»Habt ihr sie gefunden? Wo steckt sie?«, der König reagiert aufgebracht.

»Es geht ihr gut, sie ist in Sicherheit, mein Bruder«, mischt sich Georg beschwichtigend ein. Der König lächelt ein wenig schief bei dieser ungewohnten Anrede.

»Georg, warum bist du hier? Willst du in meinen Tross eintreten, hast du der wilden Spessart-Räuberei endlich abgeschworen?«

»Nein, das ist eine längere Geschichte. Orlando und ich werden dir alles erzählen.«

Friedrich erfährt von Francescas dramatischer Flucht aus der Kaiserpfalz Gelnhausen, von der Hilfe der Fürstin und der gemeinsamen Reise mit Georg. Anschließend berichtet auch Orlando, was ihn zur Flucht bewogen hat.

»Aber wo steckt Mario? Auch er machte sich auf, um das Mädchen zu suchen, ich warte schon viele Wochen auf seine Rückkehr«, fragt der König.

Georg schaltet sich wieder in das Gespräch ein. »Mario ist tot. Wir haben sein Schwert, seine Rüstung, und sein Pferd mitgebracht.«

Wie nach einem schweren Schicksalsschlag sinkt Friedrich plötzlich zusammen. Er ruft nach seinem Knappen, der vor der Tür Wache hält. »Bring mir die Novizin, schnell!« Kurz darf steht Renata an der Tür.

»Komm und setz dich zu uns. Sie überbringen uns eine sehr traurige Nachricht.« Er stellt Georg mit seinem Titel vor, allerdings erfährt sie nicht, dass sie Halbbrüder sind. Jedoch lässt sie ihren Blick zwischen den beiden hin und her schweifen. Vermutlich fällt ihr die Ähnlichkeit der beiden Männer auf. Auch über Renata sagt der König zur Erklärung ein paar Worte.

»Die Novizin war eine langjährige enge Freundin von Mario. Sie soll erfahren, wie er zu Tode kam. Georg, bitte berichte mir davon.«

Schonungslos erzählt Georg den Anwesenden von den häufigen sexuellen Belästigungen und verbalen Entgleisungen, die Francesca ertragen musste, und dass sein Verhalten der Grund für ihre Flucht war.

Er spricht von Marios dauernden Drohungen und seinen Rachegelüsten. Das alles hatte er von Francesca während der Flucht erfahren.

»Was erzählst du da, Georg! Das ist doch eine böse Verleumdung! Wie ist Mario zu Tode gekommen? Im Kampf? Gegen wen? Habt ihr Rache genommen an dem Mörder? Wurde er verurteilt? Gehängt? Wer ist dieser miserable Kerl, der meinen engsten Freund aus Kindertagen ermordet hat? Ich will alles wissen!« Friedrich springt aufgebracht von seinem Sessel auf.

»Nein«, antwortet Georg leise, »er starb nicht im Kampf. Francesca hat ihn in Notwehr in den Hals gestochen, als er ihr wieder einmal bedrohlich nahe kam und sie zu vergewaltigen versuchte. Immer wieder hatte er sie verfolgt.« Alle schweigen betroffen. Dann flüstert die Novizin leise: »Er hat es verdient.«

Sofort verengen sich Friedrichs Augen, er starrt Renata an, während er seine weiteren Anordnungen eiskalt trifft. »Damit das klar ist, außer uns wird niemand erfahren, wie Mario gestorben ist, habt ihr verstanden?« Friedrich atmet laut hörbar ein und aus. Dann gibt er seine Entscheidung bekannt: »Offiziell hat sich Mario bei einem Sturz von seinem stolpernden Pferd das Genick gebrochen. – Und jetzt kommt alle mit in den Klostersaal, ich muss die anderen Ritter von seinem Tod informieren.«

Große Betroffenheit herrscht bei den Anwesenden, als der König mit seinen Gästen und der Novizin wieder erscheint und sehr emotional den Tod des Anführers verkündet. Dass Renata die Nachricht so gefasst aufgenommen hat, wundert die Männer.

Georg, der in Gesellschaft den König förmlich mit seinem

Titel anredet, bittet, sich zurückziehen zu dürfen. Eine Weile geht er im Klosterhof auf und ab. Als er sich umdreht und zu seiner Kammer gehen will, steht Renata vor ihm.

»Wie geht es Francesca? Ich habe sie so sehr vermisst.«

»Sie lebt auf der Burg Colmberg bei meinem Onkel. Es geht ihr gut. Wenn ich wieder zurück bin, werden wir heiraten«, antwortet Georg glücklich. Selbstverständlich will die Novizin wissen, woher sich die beiden kennen, und Georg berichtet von der Flucht und seiner Mitwirkung als ihr Fluchthelfer.

»Was wird der König mit Orlando machen? Schließlich hat er seinen Eid gebrochen«, fragt sie besorgt.

»Ich werde versuchen, ihn wieder mit auf unsere Burg zu nehmen, dort kann ich seine Hilfe bei der Ausbildung einer Verteidigungstruppe gut gebrauchen. Repressalien braucht er bei uns keine zu befürchten.«

»Das ist sehr edel von Euch, man weiß bei Friedrich nicht immer, wie er reagiert. Ihr habt ihn selbst erlebt. Ich hoffe, wenn Ihr Orlando mitnehmt, wird er in Sicherheit sein.«

»Das glaube ich auch. Wir werden in spätestens zwei Tagen zurück zur Burg Colmberg reiten. Dort wartet viel Arbeit auf mich. Und meine Braut.«

Renata spürt plötzlich, dass sie nicht mehr zu diesen Menschen gehört, mit denen sie durch die Lande, von Pfalz zu Pfalz gezogen ist. Entschlossen schaut sie Georg an.

»Würdet Ihr mich mitnehmen? Sehr gerne wäre ich wieder mit Francesca zusammen. Ich kenne mich sehr gut mit Heilkräutern aus und könnte mich auf der Burg in der Küche nützlich machen oder auf einem Bauernhof arbeiten. Ich muss unbedingt weg aus diesem Teufelskreis.«

Orlando steht schon geraume Zeit im Schatten eines Baumes und hört ungewollt das Gespräch der beiden mit an. Er schnieft ein wenig, um auf sich aufmerksam zu machen und läuft auf die beiden zu.

»Renata, wir nehmen Euch gerne mit. Ihr sprecht alle Sprachen, Francesca wird überglücklich sein, eine Freundin an ihrer Seite zu haben.«

»Der König hat das letzte Wort, ob ich gehen darf. Gleich morgen frage ich ihn um Erlaubnis, den Tross verlassen zu dürfen. Zu viele schlechte Erinnerungen verbinde ich damit.« Über das großzügige Angebot freut sie sich.

Alle verabschieden sich voneinander und sind gespannt, welche Entscheidung der König wegen Orlandos und Renatas Rückzug aus dem Tross treffen wird. Geheimnisse soll es künftig keine mehr geben, und gemeinsam beschließen sie, um eine Audienz beim König zu bitten.

Die Wahrheit über Mario

Nach der ersten Mahlzeit des Tages gewährt Friedrich seinem ehemals königlichen Ritter Orlando di Mantova und der Novizin Renata eine gemeinsame Audienz. Orlando beginnt.

»Majestät, ich würde den Tross gerne verlassen, zumal ich Euch gegenüber wegen meines unerlaubten Weggangs große Schuldgefühle habe. Selbst wenn Ihr mir verzeiht, das Vergehen wird in den Augen der anderen Ritter immer auf mir lasten. Georgs Onkel lebt auf der Burg Colmberg, er baut dort momentan mit seiner Hilfe eine kleine Gruppe aus Bauern zur Verteidigung gegen Plünderei auf und bot mir an, auf der Burg zu leben und zu arbeiten. Bitte stellt mich frei.«

»Ihr habt recht, die anderen Männer in der Truppe würden es Euch ewig verübeln, dass Ihr die Truppe unerlaubt verlassen habt. Ihr seid tapfer und ehrlich, ungern verzichte ich auf Eure Dienste. Aber ich will einem neuen, geregelten Leben nicht entgegenstehen. Ich gebe Euch frei.« Orlando verneigt sich tief mit der Hand auf dem Herzen. »Ich danke Euch, Majestät, für Euer Verständnis und Eure Güte.«

»Noch ein Wort zu Marios Tod! Wie konnte es passieren, dass diese Frau hinterlistig ein Messer bei sich trug? Wie ist es ihr gelungen, einen starken Mann zu töten?«, schimpft der König plötzlich los. »Hatte sie am Ende einen Helfer? Wer kann geholfen haben? Er wird dafür büßen!« Friedrich rauft sich die Haare, er wird den Tod seines Jugendfreundes nicht so leicht überwinden.

»Francesca hatte ständig Angst. Im Treppenhaus wurde sie von ihm brutal in eine Ecke gedrängt. Er konnte sich nicht damit abfinden, dass sie nicht mit ihm zurückgehen wollte. Gewaltsam wollte er sie gefügig machen. In ihrer Panik hat sie zugestochen und ihn dort am Hals erwischt, wie sie es vom Schlachten der Tiere kannte. Niemand sonst war dabei.«

Die ursprüngliche Begeisterung des Königs für Francesca schlägt mit einem lauten Schrei in Enttäuschung, ja Hass, um. Tief betroffen müssen sich Renata und Orlando seine unkontrollierten Wutschreie anhören.

Als Orlando sich endgültig verabschieden will, bittet ihn Renata, zu bleiben, bis auch sie alles mit dem König geregelt und seine Erlaubnis erhalten hat. Friedrich sitzt schwer atmend auf seinem Sessel und rauft sich immer wieder die roten Haare. Aber Renata spricht ihn trotzdem an, denn auch sie möchte den Tross so schnell wie möglich verlassen.

»Majestät, warum ich den Tross verlassen möchte, will ich kurz erklären. Die Erinnerungen an all die Demütigungen durch Mario könnte ich niemals vergessen, wenn ich mit Euch weiterziehe.«

»Für mich wart ihr beiden ein Liebespaar, das aus seiner Zuneigung kein Geheimnis gemacht hat. Trotz Eurer Kutte! Jeder hat es gesehen und jeder wusste das. Ich verstehe nicht ganz, was Ihr damit meint?« Der König legt seinen Kopf ein wenig schief und schaut Renata mit großen Augen erwartungsvoll an. Orlando wird hellhörig.

»Die Liebe, oder wie man es auch immer nennen mag, war einseitig, wenn es sie überhaupt jemals gab. Mario hat mich erpresst und immer brutal zu allen intimen Handlungen mit ihm gezwungen. Er war ein ausgesprochener Teufel!«

Renata hält kurz inne, als sie das Entsetzen in den Augen des Königs bemerkt, redet aber weiter. »Verzeiht, Majestät, ich weiß, wie sehr Ihr ihn geschätzt habt, von frühester Jugend an. Seine schwarze Seite kannten offenbar nur die Frauen, die ihm gefallen und ihn abgelehnt haben. Er war ein Mann mit zwei Gesichtern, Majestät.«

»Er hat Euch erpresst, sagt Ihr? Was konnte er Euch denn Schlimmes vorwerfen, Renata?«

»Lange ist es schon her, da kam er dazu, wie ich beim Aufräumen des Zimmers Eurer Gemahlin eine goldene Kette in der Hand hielt und überlegte, ob ich sie kurz anlegen sollte. Sie war bildschön.«

»Und? Habt Ihr sie etwa gestohlen?« Friedrich ist entsetzt.

»Nein, er kam dazu, dachte ich wolle sie stehlen, und riss sie mir aus der Hand. Aber diesen Zwischenfall nutzte er jahrelang aus, um mich zu erpressen und um ihm, wann immer er Lust und Laune hatte, zu Willen zu sein.«

Zusammengesunken mit roten Augen sitzt Renata vor dem König und seinem Ritter Orlando. Die beiden Männer wirken fassungslos über das Gehörte.

Dass sein Jugendfreund so skrupellos war, fiel Friedrich nie auf. Mit seinen eigenen Amtgeschäften und den gelegentlichen amourösen Liebschaften war auch er bestens beschäftigt und trug Scheuklappen. Aber trotzdem will er diese Schmach nicht auf Mario sitzen lassen und schimpft.

»Ich will und kann zu diesen unglaublichen, skandalösen Unterstellungen keinen Kommentar abgeben. Ich kann es nicht glauben, was Ihr berichtet und wie ihr meinen Freund anklagt, da ich Mario von dieser Seite nie kennengelernt habe.«

Mit der Entscheidung, die an ihn herangetragen wurde, hadert er noch ein wenig. Dann ergreift er wieder das Wort.

»Renata, Euren Wunsch, meinen Tross zu verlassen, genehmige ich. Reitet zusammen mit Georg und Orlando auf die Burg Colmberg. Dann wird auch in der Truppe schneller wieder Ruhe einkehren. Für eine komfortablere Reise, die mehrere Tage dauern wird, schenke ich Euch Marios Pferd als kleine Wiedergutmachung. Es ist ein edles Ross, noch recht jung, Ihr werdet viele Jahre Eure Freunde daran haben.«

Orlando erhebt sich, um den Abschied zu verkürzen.

»Morgen trennen wir uns und reiten in verschiedene Himmelsrichtungen. Majestät, ich danke Euch und wünsche eine gute Rückreise nach Rom zu Eurer Krönung. Bei den Reisen vom Süden nach Norden und zurück erlebten wir alle zusammen eine nicht einfache Zeit, der Zusammenhalt war immer sehr groß. Ich bin stolz, dass ich Euch dienen durfte.« Tief verbeugt er sich und geht.

Renata schaut den König mit traurigen Augen an, steht auf, macht einen tiefen Knicks und läuft hinter Orlando her. Draußen verliert sie die Fassung und weint über den Mut, den es gebraucht hat, vor dem König ihre intimsten Geheimnisse zu offenbaren. Orlando wartet auf dem Flur und sagt nur: »Ich bewundere Euch, Renata.«

Dass sie noch eine weitere Mission zu erfüllen hat, fällt Renata sofort ein. Zu den Versorgungswagen macht sie sich auf, um Agatha und Tonio von der erfolgreichen Flucht der Freundin zu berichten. Sie kommt gerade dazu, als Tonio seine Agatha in den Arm nimmt und sanft küsst. Aha, also hat es doch noch gefunkt. Das wurde auch Zeit.

Sie hüstelt, um auf sich aufmerksam zu machen und berichtet leise, wo sich Francesca nun aufhält, und dass sie bei der Flucht von einem Mann unterstützt wurde, den sie bald heiraten will. Aus Liebe.

Anschließend geht sie auf die Suche nach Alessandro, dem Bruder, der Knappe geworden ist. In den Stallungen fragt sie nach ihm. Über die Nachricht, dass es seiner Schwester gut geht, und sie bald heiraten wird, freut er sich sehr. Er scheint sich sicher zu sein, dass er für alle Zeiten zum Tross gehört.

Die Ritter Bruno und Umberto di Reggio haben ihm seinen Traum erfüllt, jeden Tag erlebt er Neues, er befindet sich unter geachteten Menschen. Hart trainiert er mit den Waffen, um eines Tages vielleicht doch noch ein richtiger königlicher oder kaiserlicher Ritter zu werden.

Hinten im Stall wird der kleine Ritter mit der Hakennase Zeuge der gesamten Unterhaltung und begräbt seine Hoffnung, Francesca zu besitzen, endgültig. Die Nachricht von Marios Tod hatte ihn zunächst wieder hoffen lassen, sie eines Tages wieder zu sehen und um sie werben zu können. Aber wenn es einen Mann gab, der sie bald heiratet ... Nein, eine Liebschaft mit einer verheirateten Frau, das war ihm zu gefährlich.

Schnell hat sich der Tod von Ritter Mario herumgesprochen bei denen, die nicht im Rittersaal anwesend waren. Auch Marios ehemaligem Knappen wurde es mitgeteilt. Irgendwo muss jemand sogar das Gespräch zwischen dem König, Orlando und Renata belauscht haben, denn Bruchstücke der Besprechung machen bereits hinter vorgehaltener Hand die Runde.

Die Tatsache, dass die Novizin über Erpressung durch seinen Ritter gesprochen hat, gefällt Marios Knappen überhaupt nicht. Seine verachtende Meinung behält er nicht für sich. Da eine Frau keine Rechte hat und sie bei einer Verfehlung jeder in der Familie hart bestrafen, sogar töten darf, ohne selbst bestraft zu werden, will er als ehemaliger Knappe des Ermordeten selbst Recht sprechen.

Und das sieht für den Burschen so aus, dass man eine Frau, dazu noch eine, die offenbar mit der Kirche im Bund steht, hart bestrafen muss. Verwunderlich ist seine Einstellung nicht, da es sich bei ihm um den Knappen von Mario handelt.

Posthum will er seinen Anführer frei sprechen von dieser, wie er sagt, bitterbösen Verleumdung dieser Hexe. Sein Plan reift im Laufe des Tages. Während der Nacht will er der Novizin eine Lehre erteilen, die sie so schnell nicht vergessen wird. In seiner Boshaftigkeit sucht er einen Gleichgesinnten, jedoch verrät er seinen Plan dem Falschen. Alessandro hört ihm eine Weile interessiert zu und alarmiert sofort Ritter Orlando von dem Vorhaben, der nicht glauben will, was ihm mitgeteilt wurde.

»Ich werde mit der Novizin sprechen. Wo steckt sie überhaupt? Sie befindet sich in großer Gefahr und weiß es nicht.«

Orlando beginnt spontan mit der Suche nach ihr, er schaut nach einer Frau im kirchlichen Gewand, aber er kann sie nirgends finden. Dann erinnert er sich, dass ihr der König das

Pferd als Wiedergutmachung geschenkt hat. Er läuft zum Pferch, in dem die Tiere tagsüber Gras fressen und, wenn ihnen danach ist, sogar miteinander herumtollen können. Am Zaun bei den Pferden lehnt eine ihm unbekannte Frau.

Normale Kleidung trägt sie und ihr langes, dunkles Haar hängt offen über die Schultern. Orlando nähert sich vorsichtig, als wollte er nach den Pferden schauen und will sie nicht erschrecken. Freundlich grüßt er die Dame, und als sie sich nach ihm umdreht, erkennt er überrascht, dass es sich bei dieser hübschen Frau um Renata handelt. Wie konnte sie sich nur immer so schrecklich verkleiden!

»Ich wollte Euch nicht erschrecken. Überall habe ich nach Euch gesucht und zum Glück rechtzeitig gefunden.«

Lächelnd geht sie auf ihn zu. »Ist etwas passiert?«

»Nein, aber Ihr seid in Gefahr, Novi …, Entschuldigung, Renata. Marios Knappe hat, durch wen auch immer, erfahren, wie Ihr Marios Charakter beschrieben und schlecht über ihn geredet habt. Er will sich in der Nacht an Euch rächen. Alessandro kam aufgeregt zu mir und bat mich um Hilfe. Wo seid Ihr in der Nacht untergebracht? Habt Ihr eine Kammer für Euch alleine?«

Er dreht sich noch einmal um, damit er sicher sein kann, von niemandem gehört zu werden. »Ich werde in Eurer Kammer schlafen.«

»Orlando, das geht doch nicht!« Renata lächelt Orlando schelmisch an.

»Keine Angst! Ich bringe Euch vorher heimlich zu Agatha und Tonio in das Zelt bei dem Versorgungswagen. Dort bleibt Ihr, bis ich Euch morgen früh mit dem Pferd abhole. Seid Ihr einverstanden?«

»Ja, das bin ich. Von ganzem Herzen danke ich Euch, Orlando. Wer weiß, was alles noch passieren würde. Unsere Entscheidung, dem Tross den Rücken zu kehren, war die richtige.« Der Ritter überlegt, sofort zum Zelt zu gehen.

»Wollt Ihr mich zum Zelt begleiten? Wir müssen sehr vorsichtig sein, damit niemand von unserem Plan erfährt.«

Renata nickt und marschiert beruhigt neben ihm her. Georg, der alleine an der Mauer steht, weil er hier niemanden kennt, sieht die beiden und begleitet sie.

Unterwegs erfährt er von der Drohung des hasserfüllten Knappen und von Orlandos Plan, wie er Renata in Sicherheit bringen möchte.

Agatha und Tonio kennenzulernen, das wünscht sich Georg auf jeden Fall. Viel hat Francesca von der Zeit, die sie mit den beiden auf dem langen Weg von ihrem kleinen Dorf bis nach Gelnhausen erlebt hat, erzählt.

Vor dem Zelt sitzen in fröhlicher Runde nicht nur Agatha und ihr Tonio, sondern auch Alessandro. In seiner Freizeit treibt es ihn häufig zu den beiden, denen er so viel zu verdanken hat. Immer waren sie für ihn da, wie eine Familie.

So lernt der ehemalige Raubritter Georg auch den jungen, strebsamen Bruder seiner zukünftigen Frau, der eine Karriere als königlicher Ritter anstrebt, kennen. Er lädt ihn ein, wenn er sich wieder einmal in der Nähe aufhalten sollte, oder Hilfe braucht, zu ihm nach Colmberg zu kommen.

Beim Verpflegungswagen gibt es für alle Helferinnen und Helfer ein einfaches Essen, die Gäste, die am nächsten Morgen die Heimreise antreten wollen, nehmen die Einladung von Agatha gerne an.

Auch Alessandro bleibt bis zum späten Abend bei dem Zelt, denn der sympathische Georg, sein zukünftiger Schwager, fasziniert ihn sehr. Von ihm könnte er noch viel lernen, gesteht er ihm, und bedauert fast, dass er mit dem Tross weiterziehen muss.

Für ihn hat sich Georg noch eine besonders wichtige Aktion ausgedacht. Er soll Marios Knappen in den Stall locken mit dem Hintergrund, dass er dort nach einem Pferd schauen müsse, das vielleicht krank sei. Bis Renata im Zelt versteckt und sich in Sicherheit befindet, soll er ihn ablenken.

Orlando schleicht in der Zwischenzeit in die leere Kammer und wartet auf den Angriff des Knappen. Mit einem dicken Knüppel in der Hand sitzt er auf dem Strohsack und wartet.

Bei dem kleinsten Geräusch, einmal ist es eine Maus, die durch das Zimmer huscht, dann plötzlich eine Ratte, die über einen Spalt am Fenster hereingekrabbelt ist, schreckt er auf und bringt sich in Kampfstellung.

Ganz hinten im Zelt der Versorgungsleute liegt, unter Tüchern versteckt, Renata. Sie fühlt sich gut beschützt. Bis zum Zelteingang liegen im Inneren noch viele Menschen vor ihr und kümmern sich nicht darum, wer zusammen mit ihnen übernachtet. Außerdem kennen diese Menschen Renata nur als Novizin, ihr Aussehen hat sich durch das Ablegen der Kutte total verändert. Jeder, der Renata bei ihnen vermuten und suchen würde, bekäme zudem große Probleme, denn er müsste alle aufwecken und durchsuchen.

Vor dem Zelt hat Tonio die Wache übernommen. Auch er befindet sich in Alarmbereitschaft.

Dass der Mond die Kammer ein wenig erhellt, beruhigt Orlando. Wenn jemand anderes ins Zimmer käme und mit einem Knüppelschlag begrüßt würde, das wäre nicht auszudenken. Den Ablauf hat er sich genau ausgemalt. Wenn sich die Tür öffnet, vergewissert er sich zunächst blitzschnell, wer da hereinkommt. Ist es der Knappe, dann wird nicht lange gezögert. Er erhält dann eine ordentliche Tracht Prügel.

Kurz nach Mitternacht hört Orlando Schritte auf dem Flur. Leise steht er auf und stellt sich hinter die Tür mit dem Knüppel in der Hand. Vorsichtig wird die Tür von außen geöffnet. Tatsächlich, im Schein des Mondlichts erkennt er Marios rachsüchtigen Knappen. Als dieser auf das Strohlager zugeht, holt Orlando aus und haut ihm mit aller Kraft zunächst aufs Hinterteil. Als sich der Knappe wütend umdreht, schlägt Orlando noch zweimal kräftig zu. Langgestreckt und um Gnade jammernd liegt der Knappe auf dem Boden.

Als er sein verquollenes blutverschmiertes Gesicht nach oben hebt, schwingt Orlando noch einmal als Drohung den Prügel und sagt nur:»Du hast die Warnung hoffentlich verstanden, lass' Renata zukünftig in Ruhe, ansonsten sehen wir uns bald wieder.«

Im Zelt bleibt alles ruhig, der Mann, der Renata bedroht hat, kühlt im Kloster seine Wunden. Die Lektion, die ihm erteilt wurde, hat er verstanden, über das Geschehen in der Nacht und den Ort, an dem es geschah, wird er schweigen.

Früh am nächsten Morgen satteln Georg und Orlando ihre Pferde und führen sie aus dem Stall. Auch das Geschenk des Königs, das versprochene Pferd, einen eleganten Schimmel, führen sie gesattelt mit sich bis zum Zelt, um Renata abzuholen. Alle verabschieden sich herzlich von ihnen und wünschen eine gute Heimreise zur Burg Colmberg.

Alessandro würde am liebsten mit ihnen reisen, das Gefühl von Heimweh macht sich plötzlich breit, wenn er an seine tapfere Schwester denkt. Wie gerne würde er sie umarmen und ihr das zurückgeben, was sie für ihn getan hat. Immer war sie für ihn da. Mutig und ganz alleine hat sie sich auf den Weg gemacht, um der Hölle zu entfliehen.

Nie hätte er ihr zugetraut, dass sie den Mann, der sie immerzu verfolgt hat, auf diese Weise, mit einem Stich in den Hals, zum Teufel in die Hölle schicken würde. Richtig stolz ist er auf seine große, mutige Schwester.

Agatha steht beim Abschied von den beiden Männern und Renata mit Tränen in den Augen neben Tonio, der den Arm tröstend um sie legt.

Aus dem Heiligen Römischen Reich bringen Pilger täglich neue Nachrichten mit, in denen es um Unruhen in der Ritterschaft von Friedrich II. gehen soll. Sein Heer sei zu klein, müsste dringend vergrößert werden, denn viele Ritter hätten sich bereits davon zurückgezogen.

Mit Sicherheit steckt der Papst mit seinen hinterhältigen Machenschaften dahinter. Wie seine Vorgänger, will er nicht nur die kirchliche, sondern auch die weltliche Macht ausüben und an sich reißen, um Unfrieden zu stiften. Schon zu Zeiten von Friedrichs Vater Heinrich und des Kaisers Barbarossa fanden Streitigkeiten wegen der Ausübung der Macht statt.

Die Nachricht bleibt auch bei Alessandro nicht ungehört. Am liebsten wäre er mit Orlando und Georg gereist, aber er hat versprochen, den beiden Brüdern di Reggio zu dienen. Wenn sich die beiden Ritter von der Gruppe auch verabschieden würden, dann …

Orlando führt das geschenkte Pferd heran und hilft Renata beim Aufsitzen. Schnell stellt er fest, dass sie sich ängstlich verhält. Nachdem sie untereinander festgelegt haben, die förmlichen Anreden nicht mehr zu verwenden, stellt Orlando ihr eine wichtige Frage: »Hast du Angst vor Pferden?«

»Merkt man das?«

»Ja. Kannst du reiten?«

»Ich wurde als Kind von einem Pferd in den Arm gezwickt, seitdem habe ich mit diesen großen Tieren nichts mehr angefangen. Und zu der nächsten Frage, du hättest es auch bald bemerkt, ich bin eine schlechte Reiterin. Das Pferd wollte ich auf jeden Fall mitnehmen, ich sehe das als eine Art Wiedergutmachung.«

»Da müssen wir uns wohl auf eine längere Reise mit dir einstellen?«, scherzt der Ritter.

»Ich werde nicht gleich herunterfallen, falls du das meinst. Aber das volle Vertrauen habe ich weder in meine Reitkunst, noch in das Pferd.«

170

Georg, der die Unterhaltung der beiden verfolgt hat, kratzt sich nachdenklich am Kopf und schlägt ihnen mit gespielter ernster Miene vor:

»Wir packen unterwegs, sobald wir außer Sichtweite sind, das Gepäck und die Sättel um, und ihr beide reitet zusammen auf einem Pferd.«

»Auf einem Pferd? Wie stellt ihr euch das vor?« Renatas Stimme klingt entsetzt.

»Nun«, erklärt Georg mit einem breiten Grinsen, »es handelt sich dabei um eine äußerst angenehme Art des Reisens per Pferd. Auf diese Weise bin ich zusammen mit Francesca auf der Flucht gewesen, das bringt Menschen einander näher.« Von Orlando erhält er einen kurzen Blick, der Zustimmung und Vorfreude enthält.

Mit einem skeptischen Blick streift Renata die beiden Männer, dann nickt sie. Eine andere Wahl scheint es nicht zu geben, wenn sie schnell vorwärts kommen wollen, bevor sich der König anders entscheidet.

Renata genießt den Ritt mit Orlando auf dem geschenkten Pferd und stellt überrascht fest, dass sie, trotz der schlechten Erfahrung mit dem ermordeten kaltblütigen Ritter Mario, noch imstande ist, Männern gegenüber freundschaftliche Gefühle und Vertrauen zu entwickeln.

Die Nächte sind warm, bei der Übernachtung im Freien gibt es keine Probleme. Ausreichend Proviant erhielten sie von der Köchin des Klosters. Feuer wollen sie nicht entfachen, denn die Trockenheit auf den Wiesen und Feldern ist sehr groß. Außerdem wollen sie niemanden auf sich aufmerksam machen.

In Neuburg stellen sie erschrocken fest, dass sie den Weg zu der steinernen Brücke verpasst haben und wählen eine Furt. Freundliche Einheimische, die die drei Reiter eine Weile aus der Ferne skeptisch beobachtet haben, zeigen ihnen den Weg zu einer ungefährlichen und bequemen Durchquerung der Donau.

In den ersten Tagen der gemeinsamen Reise lernt Renata eine Menge über Pferde und die Reiterei. Immer sicherer fühlt sie sich in den Gangarten Schritt, Trab und im Galopp. Aus unerklärlichen Gründen überrascht sie die Männer mit der Bitte, nun alleine auf dem Pferd sitzen zu wollen.

»So kommen wir doch schneller vorwärts, glaubt mir.« Dass sie plötzlich vor ihren Gefühlen für Orlando davonläuft, verrät sie nicht. Der Ritter kann mit der Entscheidung nichts anfangen und glaubt, dass Renata aus anderen Gründen Abstand zu ihm wahren will. Schade eigentlich. Die Nähe zu der Frau, die er auf dem Pferd tagelang fest in seinen Armen hielt, empfindet er als ausgesprochen angenehm. Heilfroh ist er, dass sie diese Novizinnen-Tracht im Kloster zu Augsburg zurückgelassen hat.

Der ehemalige Raubritter Georg beobachtet die beiden aufmerksam und weiß noch nicht so recht, ob sich Renata und Orlando beim gemeinsamen Ritt auf dem Pferd ein wenig angenähert haben. Seine Gedanken weilen schon bei Francesca, in zwei Tagen wird er sie wieder in seine Arme schließen können.

Lange will er nicht auf der Burg bleiben, denn das Schicksal seiner Mutter beunruhigt ihn nun sehr. Viele Wochen sind schon vergangen, seit der brutale Mario aufgetaucht ist. Er hofft, dass seine ehemaligen »Freunde« sich weiterhin um die Fürstin kümmern. Nach dem Gespräch mit seinem Onkel, bei dem er freudig zugestimmt hat, möchte er seine Mutter vom Spessart zur Familie bringen.

Georgs Herz beginnt schneller zu schlagen, als er in der Ferne seine neue Heimat sieht. Er weist Renata darauf hin, dass sie schon am Abend ankommen werden.

Im Burghof herrscht reges Treiben. Die Frau mit der weißen Schürze füttert die zahlreichen Hühner, der Stall wird für die Pferde und Ziegen hergerichtet. Eine Schafherde grast friedlich unterhalb der Mauer.

172

An der Burgmauer lehnt der Fürst und genießt die letzten Sonnenstrahlen des Tages. Er sieht als Erster die drei Reiter näherkommen. »Francesca, komm schnell, ich glaube, Georg kommt zurück. Es sind noch zwei weitere Reiter dabei, leider sind meine Augen so schlecht, ich weiß nicht, wer sie sind.« Francesca unterhält sich gerade mit dem neuen Waffenschmied, der seine Werkstatt aufbaut, als nach ihr gerufen wird. Schnell läuft sie zum Fürsten und hält sich die Hand vor die Augen, um nicht von der Sonne geblendet zu werden. Plötzlich geht ein Strahlen über ihr Gesicht.

»Ja, es ist Georg, der andere Reiter könnte Orlando sein! Das ist ja wunderbar, dass ihn der König freigegeben hat. Der dritte Reiter sitzt nicht wie ein erfahrener Reiter auf dem Ross. Lassen wir uns überraschen, wen sie noch mitbringen.«

Eilig läuft sie zur Köchin und verbreitet die Nachricht, dass zusätzlich drei Gäste kommen. Für die Köchin bereitet es kein Problem, drei Menschen mehr am Tisch zu versorgen. Mittlerweile vergrößert sich die Menge der Menschen, die auf der Burg leben, von Tag zu Tag.

In der Zwischenzeit sind die drei Reiter näher gekommen, sie reiten den Berg hinauf. Als sie in den Burghof kommen, stößt Francesca nicht nur einen Jubelschrei aus. Das ist ja unglaublich! Beide Männer sind wohlbehalten heimgekehrt und sie haben ihre Freundin Renata mitgebracht.

Freudentränen fließen bei den Frauen, alle, die jetzt auf der Burg zuhause sind, kommen, um die drei Ankömmlinge zu begrüßen.

Georg wirbelt seine Braut im Kreis herum und kann sich nicht satt sehen an ihr.

Die Dame mit der weißen Schürze kommt auf den Fürsten zu und flüstert ihm etwas ins Ohr. Er meldet sich zu Wort: »Glücklich bin ich, dass alle gesund wieder nach Hause gekommen sind. Oben stehen zwei Zuber, ich biete euch vor dem Essen noch ein Bad im Zuber an.«

Georg lacht und fragt den Onkel schelmisch:« Muss das sein? Ich habe solchen Hunger!«

»Es muss sein. Früher wusch man seinen Gästen als Ehrerbietung die Füße. Ich stelle Euch zwei Zuber zur Verfügung, waschen müsst ihr euch selbst. Wer mit wem in welchen Zuber steigt, entscheidet ihr.« Dieser Onkel! Als hätte er Vorahnungen, was auf seiner Burg noch alles passiert …

Francesca kümmert sich um Renata mit den Worten:»Weißt du noch, wie du mich in Augsburg seinerzeit empfangen hast? Gesagt hast du, dass ich stinke wie Ziege und Hammel, und mich in den Zuber geschickt.«

»Ich erinnere mich sehr gut daran. Jetzt kannst du dich revanchieren.« Nachdem das Wasser aus dem Brunnen in der Küche erwärmt wurde, bekommt zuerst die Dame das Bad hergerichtet. Als Renata in die Wanne steigt, bittet sie Francesca zu bleiben und ihr Gesellschaft zu leisten, denn es gibt so viel zu erzählen.

Die Männer sitzen noch im Burghof und warten, dass auch für sie warmes Wasser zur Verfügung steht. Dem Fürsten berichten sie in der Zwischenzeit, was sich in Augsburg Schreckliches ereignet hat. Der vereitelte Anschlag auf Renata und der Wutanfall des Königs werden erwähnt.

Gemeinsam planen sie Georgs Abreise in den Spessart in wenigen Tagen. Er will sich unbedingt alleine auf den Weg machen, Orlando soll in seiner Abwesenheit das Training mit den Bauern wieder aufnehmen und dabei helfen, die Bewohner der Burg zu beschützen. Die Gefahr von Angriffen aus der Stadt Rothenburg ist immer gegeben.

Nach dem Abendessen, das nicht so üppig wie bei den Festen des Königs ausfällt, bittet der Fürst seine Lebensgefährtin, Francesca, Renata, Orlando und Georg ins Kaminzimmer. Sehr geheimnisvoll verhält er sich und verrät vorher nicht, was er vorhat oder besprechen möchte.

Die Köchin versorgt alle mit Wein und dann beginnt der Fürst mit feierlicher Miene zu erklären, was ihn zu dem Treffen bewegt.

»Ich habe keine Kinder, also keine Nachfolger, die dieses große Anwesen und die Ländereien übernehmen können. Mein einziger Verwandter bist du, Georg. Aus diesem Grund will ich dir alles, auch die Lehen, übergeben. Das ist mein Hochzeitsgeschenk. Aber wir möchten weiterhin hier wohnen«, dabei schaut er seine Lebensgefährtin liebevoll an »und wir wünschen uns ein harmonisches Miteinander.«

Und an Renata gewandt fügt er hinzu, »auch du, liebe Renata gehörst als Freundin von Francesca zu unserer Familie. Ich habe gehört, dass du dich mit Heilkunde gut auskennst. Wir freuen uns, dass du hier bist und uns mit Ratschlägen zur Seite stehst, wenn jemand von uns oder unseren Bauern erkrankt.«

Renata fühlt sich herzlich in die Familie aufgenommen und bedankt sich mit rührenden Worten: »Lieber Fürst, ich danke Euch sehr für die Aufnahme in Eure Familie. Als Zeichen meines großen Dankes schenke ich Euch mein Pferd. Es war ein Geschenk des Königs.« Mit der rechten Hand auf seinem Herzen und einer Verbeugung bedankt sich der Fürst für diese großzügige Geste.

Schon am nächsten Tag reitet der Fürst auf dem wunderschönen Schimmel mit seinem Neffen Georg zu den Bauern, dessen Lehnsherr er ist, und informiert sie über den neuen Herren. Die Nachricht wird von allen mit Begeisterung aufgenommen, denn sie haben Vertrauen zu dem jungen Mann.

Francesca hätte Georg gerne ein paar Tage für sich alleine gehabt, sie sieht es jedoch ein, dass er als neuer Burgherr eine Menge Aufgaben zu erfüllen hat. Sobald er seine Mutter geholt hat, will er Francesca heiraten. Einen Nachweis, dass sie von Adel wäre, bringt sie nicht mit in die Ehe. Sie stammt, wie sie selbst berichtet, nur von einem verarmten Bauernhof. Aber sie ist herzlich, ehrlich, bildschön und fleißig, und sie passt hervorragend zu ihm und seinem neuen Zuhause.

Zwei Tage später reitet Georg auf dem beschwerlichen Weg zu seiner Mutter, der Fürstin. Als er das Gebiet seiner früheren Kameraden erreicht, ertönt, wie in alten Zeiten, der schrille Pfiff. Jemand aus der wilden Gruppe hat ihn offenbar entdeckt und die anderen Kameraden von einem ankommenden Reiter informiert. Dass er heute kein Losungswort parat hat und auch nicht weiß, mit welchem Pfiff er antworten muss, um sich zu identifizieren, lockt die Raubritter schnell auf den Plan.

Das Trommeln von schnellen Pferdehufen auf dem Waldboden kommt immer näher, schon sieht er hinter einer Baumgruppe einige mit Pfeil und Bogen bewaffnete Reiter auf sich zukommen. Laut schreit er »Haltet ein, ich bin's, der Georg!«, aber die Männer scheinen ihn nicht zu hören. Er sieht nur die Möglichkeit eines frontalen Angriffs, gibt seinem Pferd die Sporen und reitet in vollem Galopp direkt auf sie zu.

Sofort parieren alle ihre Pferde durch, und der Anführer der Gruppe ruft: »So wild reitet nur einer! Hey, Leute, unser Georg ist wieder da!«

»Oh je, das wäre beinah schief gegangen, Georg! Wir haben ein paar neue Kämpfer dazu genommen, die dich nicht kennen. Aber – ganz ehrlich – was sollen wir einem einzelnen Mann, quasi ohne nennenswertes Gepäck abnehmen, der noch dazu ein so müdes Pferd reitet?«

Schallendes Gelächter ist im Wald zu hören, Georg und der Anführer springen blitzschnell vom Pferd und umarmen sich freundschaftlich. Fest klopfen sie sich dabei auf die Schultern und freuen sich sehr, dass sie sich nach Monaten wiedersehen.

»Ich dachte schon, du kommst nie mehr zu uns. Was führt dich zurück? Hast du deine bildhübsche Cousine dort gut abgeliefert, wo du sie hinbringen solltest? So eine Cousine hätte ich auch gerne!« Wieder lachen sie herzlich.

»Ich komme, um meine Mutter zu holen«, berichtet Georg. »Wir hatten auf der Burg meines Onkels einen sehr unangenehmen Gast, der offensichtlich den Ort, zu dem ich Francesca bringen wollte, von ihr erpresst hat. Ich machte mir Sorgen um sie, leider musste ich zuvor noch etwas Wichtiges erledigen, was unaufschiebbar war.«

»Deine Mutter erzählte von einem Besucher, der unbedingt den Aufenthaltsort des Mädchens wissen wollte. Als sie sich verhielt, als wüsste sie nichts, hat er ihr ein Messer an den Hals gesetzt. Dann stieß er sie um, und sie fiel mit dem Kopf zuerst gegen einen Baum. Peter hat sie gefunden. Ja, tagelang lag sie apathisch auf dem Strohsack und wollte nichts mehr essen. Jedem Tag hat sie einer von uns besucht und sie mit Essen verpflegt.«

Sichtlich bewegt erfährt Georg, wie sich seine Kameraden um die verletzte Fürstin gekümmert haben und bedankt sich bei ihnen. Eine Weile verhält er sich nachdenklich und still. Er schaut in erwartungsvolle Gesichter. Alle sind gespannt, was Georg ihnen zu sagen hat.

»Ich hole meine Mutter ab und bringe sie auf die Burg meines Onkels. Er setzt mich in Kürze als Erben ein, da er kinderlos ist. Ich sage euch eines, wenn ihr als Handwerker oder Bauern an einem Neuanfang interessiert seid, dann kommt zu mir. Stets haben wir einander vertraut, ich möchte euch danken, dass ihr meine Mutter nicht im Stich gelassen habt. Viel unbeackertes Land steht zur Verfügung, und wenn ihr weiterhin so mutig kämpfen wollt, dann dürft ihr euch der kleinen Gruppe meiner Bauern anschließen, die von Zeit zu Zeit gemeinsam ihr Territorium gegen durchziehende räuberische Banden verteidigen muss. Das meine ich ehrlich und ernst.«

Er schaut in überraschte Gesichter und redet weiter: »Die genaue Wegbeschreibung bekommt ihr von mir, wenn ihr euch entschieden habt. Bedenkt auch, ihr werdet nicht jünger, und als Bauern könnt ihr noch bis ins hohe Alter arbeiten und eueren Lebensunterhalt verdienen. Außerdem habt ihr dort die Möglichkeit, eine Familie zu gründen und Kinder zu haben. Die Arbeit eines Bauern, selbst wenn er das Land verteidigen muss, ist nicht ganz so gefährlich wie eure jetzige …«

Solch ein Angebot wurde den Männern noch nie gemacht. An ihren Mienen kann Georg beobachten, dass sie bereits darüber nachdenken. Er will ihnen Zeit lassen für die Entscheidung und verabschiedet sich von ihnen.

»Ich reite jetzt das Stückchen bis zur Hütte der Fürstin, um sie morgen mitzunehmen. Hoffentlich willigt sie ein! Habt ihr noch einen Karren und ein altes Pferd für mich? Ungern will ich sie in ihrem Alter auf ein Pferd setzen. «

Die angesprochenen Raubritter sind begeistert von Georgs Angebot und versprechen ihm, einen Karren und ein Pferd zur Verfügung zu stellen. Vorsichtig fragen sie auch nach dem Weg zur Burg Colmberg.

»Wie viele seid ihr mittlerweile?«, will Georg wissen.

»Neun!«

»Ihr könnt alle zu mir kommen! Räumt die alten Hütten aus. Bringt die Dinge mit, die ihr noch gebrauchen könnt. Ich erwarte euch in Kürze. Den Plan mit der Wegbeschreibung bekommt ihr von mir, wenn ihr den Karren und das Pferd bringt.«

Begeistert nicken die wilden Kerle. »Wir bringen noch ein paar Frauen mit, die können mit uns zusammen in ein neues Leben starten. Und, wie sieht es mit deiner Cousine aus? Ist sie noch zu haben?«, ruft der Anführer der Bande.

Georg schüttelt mit dem Kopf und lacht. »Schon vergeben. Sie heiratet in Kürze.«

»Schade! Ist da nichts mehr zu machen? Kann ich den Zukünftigen einen Kopf kürzer machen? Dann gehört sie mir. Was meinst du, Georg?«

Der zukünftige Burgherr lächelt amüsiert. »Nun, mein Lieber, die Chancen stehen momentan schlecht! Der Zukünftige steht vor dir! Los, zieh dein Schwert, wenn du dich getraust!«

Der Anführer findet das Wortgeplänkel plötzlich nicht mehr lustig. Die Kampfkraft und Schnelligkeit seines Freundes kennt er zu gut. Abwehrend hebt er beide Hände. Er hat verstanden. Mit Georg legt sich niemand an.

Lachend schwingt sich der ehemalige Raubritter auf den Pferderücken und galoppiert davon

Auch wenn ihre Haare längst grau und die Zähne lückenhaft sind, hört die Fürstin bestens. Sie spürt immer die leichten Schwingungen im Boden, wenn sich ein Reiter ihrer Behausung nähert.

Ihr Blick fällt auf die Armbrust und Pfeil und Bogen, die sie immer griffbereit an der Wand hängen hat. Durch bedrohliche, unangenehme Besuche, die in der letzten Zeit ihr ruhiges Leben im Wald gestört haben, ist sie besonders gewarnt. Schnell ergreift sie Pfeil und Bogen, die lautlose Waffe, mit der sie sich notfalls zur Wehr setzen kann. Zweige knacken, dumpf ertönt der Schritt eines Pferdes.

Abwartend und angespannt steht sie vor ihrer Hütte und lauscht. Ein Pferd schnaubt mehrmals, in leichtem Schritt läuft es auf die Hütte zu. Die Äste der Büsche, die mittlerweile sehr hoch und dicht stehen, werden zur Seite gebogen. Geräuschlos legt die Fürstin den Pfeil in den Bogen und spannt ihn, bereit zur Verteidigung.

Da ertönt ein bekannter schriller Pfiff. Meine Güte, das ist ja Georg! Die Fürstin kann es nicht glauben, dass ihr geliebter Sohn nach Monaten wieder nach Hause gekommen ist. Längst hatte sie ihn tief im Süden vermutet, nachdem sie so lange Zeit nichts mehr von ihm gehört hatte. Sorgen, dass ihm unterwegs etwas zugestoßen sein könnte, machte sie sich keine.

Ein wenig wackelig läuft sie auf ihn zu. Georg springt vom Pferd und nimmt sie wortlos in den Arm. Lang stehen sie so zusammen, bis das Pferd an den Zügeln zerrt. Dann bindet er seinen treuen Begleiter an einem Baum fest, nimmt den teuren Sattel ab und läuft mit seiner Mutter langsam zur Hütte.

»Wo hast du so lange gesteckt, mein Junge? Ich dachte, du kommst nie mehr zurück.« Mit einer Handbewegung und einem glücklichen Lächeln wischt er ihre negativen Vermutungen weg. In der Hütte setzen sie sich auf Kisten am Tisch und Georg erzählt alles, was sich in den vergangenen Monaten zugetragen hat.

Seine Verletzung durch den Pfeil bei seiner Ankunft auf der Burg verschweigt er seiner Mutter. Große Begeisterung hört sie, als er von Francesca erzählt, seine Augen leuchten dabei.

Als er der Fürstin von ihrem Bruder berichtet, und den Wunsch mitteilt, dass er sie gerne auf der Burg sehen würde, beginnt sie plötzlich zu weinen. Erstaunlich bei einer Frau, die jahrelang ein schweres Leben führte, Hoffnungen auf ein besseres Leben begraben und fast keine Emotionen mehr gezeigt hatte. Es sind wirklich Freudentränen …

Mit einem Ortswechsel zeigt sich die Frau, die über zwanzig Jahre lang ziemlich einsam im Wald gelebt hat, nach einigem Zögern, einverstanden. Niemals wäre ihr in den Sinn gekommen, dass sie ihr jetziges Leben noch einmal ändern würde. Alleine die Freude, ihren Bruder nach fast fünfundzwanzig Jahren wiederzusehen, schien sie um Jahre jünger und quirliger zu machen.

Schnell hinterfragt sie, wie Georg sich die Reise mit ihr vorstellt. Dass sie ihre Reise wahrscheinlich mit Hilfe der anderen Raubritter nicht auf dem Pferderücken antreten muss, beruhigt und freut sie sehr.

Reiten, schnell und wild, ja das konnte sie in jungen Jahren perfekt. Ab und zu ließ Georg sie mal auf einem Beutepferd reiten, aber selbst ein Pferd inmitten des Waldes zu pflegen und zu ernähren, das war in ihrer Situation leider nicht mehr möglich.

Mutter und Sohn sind sehr gespannt, wie das Gefährt für die Reise der Fürstin wohl aussehen wird, denn danach richtet sich auch, was sie mitnehmen kann und was sie leider in ihrer Hütte zurücklassen muss.

Emsig beginnen sie mit der Arbeit und sortieren viele Dinge aus, die sie wirklich nicht mehr für das neue Leben auf der Burg benötigen.

Schon einen Tag später kündigt sich unter Rumpeln, Fluchen und Pferdegetrappel neuer Besuch an. Schwer zu erraten ist es nicht, um wen es sich handelt.

Georgs Freunde, vor denen sich alle fürchten, die den Spessart durchqueren müssen, bringen einen Leiterwagen mit einem kräftigen Pferd davor, mit.

»Guten Morgen, Fürstin! Wir bringen Euch die gewünschte Karosse!«, ruft der Anführer grinsend und »Eurer Tross ist auch schon zusammengestellt. Wir nehmen Georgs Vorschlag an, sofort und zu Euerem Schutz mit Euch zu ziehen. Ihr müsst nie mehr auf unsere Gesellschaft verzichten, hahaha!«

Georg kommt aus der Hütte gelaufen und breitet seine Arme aus. »Alle seid ihr willkommen, wann seid ihr bereit?« Der Anführer kratzt sich am Bart. »Wir sind alle neun dabei. Vorne am Wegrand steht ein weiterer Leiterwagen mit unserem Gepäck. Obendrauf sitzen drei Frauen, die uns begleiten wollen.«

Die wenigen Dinge, die die Fürstin mitnimmt, werden in Windeseile aufgeladen. Georg sattelt den Dicken, und schon setzt sich der Zug der ehemaligen Räuber auf dem Weg in ein besseres Leben ohne Überfälle und Mord in Bewegung.

Eine kleine Meinungsverschiedenheit tritt schon beim Start auf, als sich ein Mann auf den Kutschbock setzt, um den Leiterwagen mit der Fürstin zu lenken. Sofort klettert sie nach oben, setzt sich neben ihn und nimmt ihm die Zügel mit strengen Worten aus der Hand: »Jahrelang warte ich auf die Möglichkeit, wieder einmal kutschieren zu dürfen. Diese Gelegenheit lasse ich mir nicht nehmen.« Nachdem sie den enttäuschten Gesichtsausdruck des Mannes sieht, fügt sie einlenkend dazu »Gerne darfst du neben mir sitzen, aber die Zügel halte ich in der Hand!«

Georg schüttelt den Kopf mit seinen roten Haaren. Seit sie weiß, dass sie ihre Familie, ihren Bruder, wieder sehen wird und dass sie das elende, einsame Leben im Wald aufgeben kann, zeigt sie sich wie verwandelt und um Jahre jünger. Die Anstrengungen und Entbehrungen während der Reise scheinen der Fürstin nichts auszumachen. Jahrzehntelang lebte sie in einfachsten Verhältnissen, da kommt es auf ein paar Tage auf dem Leiterwagen nicht an. Sie beklagt sich nicht, wenn sie in der Nacht auf dem Leiterwagen schlafen muss, denn sie ist glücklich und voller Vorfreude.

Auf der Burg befinden sich die Vorbereitungen wegen der Ankunft der Fürstin in vollem Gang. Gespannt laufen die Bediensteten und der alte Fürst immerzu an die Burgmauer und halten Ausschau nach den beiden.

Eilig kommt der Waffenschmied zum Fürsten gelaufen, mit der Nachricht, dass sich eine mindestens 10-köpfige Reiterschar mit einem Wagen langsam aus der Ferne nähert.

Der Fürst kann sich keinen Reim darauf machen, um wen es sich handeln könnte, und weshalb eine berittene Gruppe auf die Burg kommt. Als sie näher kommen, glaubt er, anhand ihrer Kleidung eine Frau auf dem Bock zu erkennen. Er schüttelt ungläubig den Kopf mit den lockigen grauen Haaren. Das muss doch mit dem Teufel zugehen, wenn das nicht seine Schwester ist. Ihr traut er alles zu. Aber was sind das für Leute, die den kleinen Zug mit dem voll bepackten Wagen begleiten?

Nicht aus den Augen lässt er die Gruppe, die sich langsam fortbewegt. In der Zwischenzeit haben sich noch andere neugierige Burgbewohner und Bedienstete zu ihm gesellt.

Francesca erkennt Georg unter den Reitern und freut sich riesig. Die Bauern scheinen nicht in Alarmbereitschaft zu sein. Vermutlich haben sie Georg inmitten der Gruppe schon erkannt.

Alle sind gespannt, wen er mitbringt und was das zu bedeuten hat. Wenig später erreicht die Gruppe die Burg. Orlando und einige junge Leute nehmen die Pferde in Empfang, der Fürst läuft bis zum Tor und hilft seiner Schwester unter großer Freude vom Bock des Leiterwagens.

Geschafft! Endlich ist sie wieder in den Schoß der Familie zurückgekommen! Alles veranlasst durch die vielen Zufälle des Lebens.

Aber wer sind die neun Männer und drei Frauen? Georg stellt sie als neue Bauern für das brachliegende Land vor. Der Fürst kann sich gut vorstellen, wer diese Männer wirklich sind oder waren. Sie sind bestimmt nicht zimperlich oder wehleidig, sondern mutig und Georg gegenüber loyal. Insgeheim freut er sich, dass die Verteidigungstruppe ab sofort größer und schlagkräftiger sein wird.

Morgen wird Georg damit beginnen, das Land, das brach liegt, mit Hilfe seiner Bauern an die Männer zu verteilen. Alle sollen einander zur Seite stehen, um mit den Neuankömmlingen Hütten und Häuser zu bauen. Im Gegenzug können die Neuen von den Bauern etwas über Ackerbau und Viehzucht lernen und bei ihnen bis zu Fertigstellung ihrer neuen Häuser wohnen.

Francesca hält sich mit verliebten Blicken in Georgs Nähe auf. Im Vorübergehen streichelt sie heimlich seinen Arm, denn sie ist überglücklich, dass er von seiner Reise in den Spessart wieder gesund zurück gekommen ist. Sie freut sich, dass seine Mutter, der sie so viel zu verdanken hat, den Plänen zur Umsiedlung aus dem Spessart zustimmte.

Auch zwischen Renata und Orlando fliegen zärtliche Blicke hin und her, die beiden haben sich in Georgs Abwesenheit einander angenähert. Am Tisch sitzen sie nebeneinander, manchmal berühren sich ihre Knie unter dem Tisch.

Als die beiden Männer abends im Pferdestall ihre Tiere gemeinsam versorgen, unterhalten sie sich über die geplante Hochzeit von Georg und Francesca.

»Und – wird das was zwischen Renata und dir, Orlando?«

»Na ja, wir verstehen uns sehr gut.«

»Reicht das aus? Willst du ihr einen Antrag machen? Wir könnten doch eine Doppelhochzeit planen, wenn sie zustimmt. Was hältst du davon? Ein schönes Fest für alle.«

»Keine schlechte Idee, ich werde es mir überlegen. Vielleicht frage ich sie einfach, was meinst du?« Georg nickt und ist gespannt, wie es bei den beiden weitergeht.

Das Wiedersehen der Fürstin und ihres Bruders nach weit über zwanzig Jahren muss richtig gefeiert werden. Nachdem die Familie nach und nach in den beiden Zubern ein Bad genommen hat, treffen sich alle im Saal an einer großen Tafel. Auch die neuen Bürger des kleinen Ortes, die ehemaligen Raubritter und die drei Frauen, sind zu einem Mahl eingeladen.

Nach dem Essen in geselliger Runde erzählt der Fürst von seiner Jugendzeit auf Burg Münzenberg.

»Immer sollte ich, gegen meinen Willen, kämpfen lernen, den Umgang mit all den Waffen, mit denen sich ein Ritter wehrt. Das alles bereitete mir überhaupt keinen Spaß. Jedoch gab es in der Burg ein kleines Mädchen, das furchtlos war, das ritt wie der Teufel und ach so gerne kämpfen lernen wollte.

Nun, wir hatten die gleiche Statur und niemand bemerkte, dass in der kleinen Rüstung mit Kinderhelm und Visier ein Mädchen steckte. Meine Schwester kämpfte verbissen, die Lehrer waren begeistert und ich hatte meine Ruhe.«

»Das hat mir vermutlich ein paar Mal im Wald in meiner Hütte das Leben gerettet. Niemals hätte ich den Mut gehabt, alleine im Wald zu leben, wenn ich nicht schon seit frühester Jugend mit allen Kampftechniken vertraut gewesen wäre«, berichtet die Fürstin ernst.

Schmunzelnd meldet sich Georg zu Wort. »Sie hat mich im Wald schon im Kampf unterrichtet, als ich gerade richtig laufen konnte. Alles, was man über die Kräuter, Bäume und Tiere wissen muss, weiß ich von ihr. Ich habe in der armseligen Hütte schreiben, lesen und mehrere Sprachen gelernt und sie mit ihr gesprochen.«

»Du kannst stolz sein auf deine Mutter, mein lieber Neffe. Sie hat bei deiner Erziehung alles richtig gemacht. Du könntest bei Hofe auftreten wie ein richtiger Ritter.« Der Fürst ist glücklich, weil er weiß, dass er alles bestens geregelt hat, indem er Georg zu seinem Nachfolger eingesetzt hat.

Inmitten der fröhlichen Feier erschallt der durchdringende Ruf aus dem Burghof. »Eine große Anzahl Berittener kommt aus der Richtung von Rothenburg auf uns zu! Ich setze die Bauern in Alarmbereitschaft!«

Schnell springen alle Männer auf und laufen hinter Georg her zum Stall. »Wir sind dabei«, ruft der Anführer aus dem Spessart, »mit denen werden wir sicher schnell fertig.«

Innerhalb kürzester Zeit sind die Pferde gesattelt und die Kämpfer bereit. Am ersten Bauernhof des kleinen Dorfes versammeln sich alle. Die Bauern staunen, dass Georg noch neun neue Männer zur Verstärkung mitgebracht hat. Zum Fürchten sehen die unbekannten Männer aus – und das ist gut so für den Gegenangriff.

Mit der Taktik der Raubritter stürmt die gesamte Truppe auf die Reiter aus Rothenburg zu. Von der Brüstung der Burg aus beobachten alle, die zurückgeblieben sind, was dort unten auf den weiten Wiesen passiert.

Georgs Truppe gelingt es, die Rothenburger in die Flucht zu schlagen, denn mit einem so massiven Gegenangriff haben sie nicht gerechnet. Die Kämpfe verschieben sich in ein Gelände, das von oben nicht mehr einsehbar ist. Die Frauen befürchten Schlimmes.

Erst am Morgen darauf nähert sich langsam, fast gemächlich, eine kleine Gruppe von Reitern dem Dorf. Haben sie Verletzte oder gar Getötete dabei? Einige hängen vornüber auf ihren Pferden. Dieser Heimweg wirkt auf Außenstehende wie ein Trauerzug. An der Burgmauer bangen der Burgherr, seine Lebensgefährtin, seine Schwester – die Fürstin, Francesca, Renata und sogar Anna – die Köchin und zählen die Anzahl der Reiter.

Sie erkennen tatsächlich nur die Bauern aus dem Dorf auf ihren Pferden. Von Georg, Orlando und den neun Raubrittern keine Spur. Und diese elf mutigen Männer waren zuvor diejenigen, deren Alltag bisher nur aus harten Kämpfen bestand …

Was ist geschehen? Da keiner der Bauern hinauf zur Burg reitet, um zu berichten, vermuten sie einen schrecklichen Ausgang der Kämpfe. Niemand scheint den Mut zu haben, die schlimme Nachricht dem alten Burgherrn zu überbringen.

Anna wendet sich ab und schlurft unter Tränen hinunter in die Küche. Renata und Francesca halten sich fest im Arm. Sie jammern leise, versuchen, sich gegenseitig zu trösten. Aber sie wollen nicht glauben, dass ihre Lieben nicht von dem Kampf gegen Rothenburg zurückkommen. Nur eine einzige Frau unter ihnen macht sich keine Sorgen. Sie schweigt und ist stark, denn sie hätte sich täglich grämen und ängstigen müssen – ihr Leben lang.

Der Burgherr nimmt seine Schwester und seine Lebensgefährtin an der Hand und zieht sie beide mit sich ins Innere der Burg. Im kurzen Gespräch mit ihnen fasst er einen Entschluss.

»Ich reite zu den Bauern. Diese Ungewissheit macht mich verrückt. Ich muss über den Verbleib der elf Männer Bescheid wissen und was bei den Kämpfen passiert ist. Einen unserer Burschen nehme ich mit zum nahegelegenen Hof.«

Mit schnellen Schritten, wie ein junger Mann, eilt er zum Stall, wo schon der gesattelte Schimmel für ihn bereit steht.

Beim Erreichen des ersten kleinen Hofes kommt ihm die Bäuerin mit grimmiger Miene entgegen. Auf die Frage des Burgherren, wo ihr Mann sei, deutet sie auf die Haustür und sagt mürrisch:»Er ist da drinnen.« Der Fürst sitzt ab und übergibt seinem Burschen das Pferd, um ins Haus zu gehen. Seine Knie werden weich. Was wird ihn erwarten?

»Hey, Bauer, wo steckst du? Was ist bei dem Kampf gegen Rothenburg passiert?« Ein müdes, grantiges Brummen ertönt aus der Stube. Dort sitzt der Bauer, den Oberkörper auf dem Tisch hängend – total betrunken. Der Burgherr rüttelt ihn an der Schulter.

»Bauer, was ist passiert? Habt ihr Verluste erlitten?«

»Passiert? Verluste erlitten? Was denkt Ihr, Herr! Im Gegenteil! Von den Rothenburgern haben wir nichts mehr zu befürchten …«

»Aber viele von euch hingen mehr auf dem Pferd, als sie saßen. Sie sind doch verletzt.«

»Nein Herr, entschuldigt den Ausdruck, aber wir waren alle sturzbesoffen. Wir haben mit den Rothenburgern den gestrigen Waffenstillstand tüchtig gefeiert.«

»Wo sind Georg und Orlando und die neun Wilden aus dem Spessart?«

»Die haben noch Verhandlungen geführt und mit ihren Schwertern ordentlich geklappert. Ein Frieden wurde vereinbart. Euer Neffe ist ein guter Mensch«, lallt der Bauer.

»Wann werden sie zurück sein? Wir machen uns alle große Sorgen!«

»Äh, sie hatten noch einen anderen Plan, von dem ich nicht weiß, um was es genau geht.« Der Bauer ist müde, die Fragerei strengt ihn an, er ist kurz vor dem Einschlafen am Küchentisch.«

»Hoffentlich wurden sie nicht in eine Falle gelockt …« Der Fürst ist keinesfalls beruhigt über die dürftigen Auskünfte. Er klopft dem schwer angetrunkenen Bauern auf die Schulter und verlässt das Haus. Jetzt ist ihm auch klar, weshalb die Bäuerin so grimmig geschaut hat. Ihr Mann wird heute nicht fähig sein, der Arbeit auf dem Feld nachzugehen. Er muss seinen Rausch ausschlafen und sie die ganze Arbeit verrichten.

Draußen steigt der alte Burgherr auf den Schimmel und galoppiert, begleitet von seinem Burschen den Berg hinauf, bis zum Pferdestall. Alle warten auf ihn, viel Neues zur Beruhigung kann er ihnen leider nicht berichten.

Geduld und Hoffnung sind gefragt. Immer wieder hält jemand Wache an der Burgmauer und schaut in die Ferne.

»Ich sehe eine Gruppe Reiter kommen, es sind leider nur neun.« Betrübt, mit hängenden Schultern, meldet der junge Waffenschmied, was er an den Wiesen entlang der Oberen Altmühl gesehen hat.

Die Frauen, die sich mit Handarbeiten abgelenkt haben, stehen auf und laufen hinaus an die Mauer. Die neun Reiter nehmen nicht den Weg zur Burg, sondern schlagen den Weg ins nächste Dorf ein. Was hat das alles zu bedeuten? Unruhig stehen alle beisammen und rätseln.

Da erschallt wieder ein Ruf »Ich sehe drei Reiter, die sehr langsam vorwärts kommen. Zwei Reiter machen eine gute Figur, der oder die Dritte wird am Zügel hinterher gezogen, wie ein Packpferd.«

»Da scheint jemand schwer verletzt zu sein«, murmelt die Fürstin. Die Frau mit der blütenweißen Schürze stürmt hinein und richtet Verbände und Heilkräuter. Wer auch immer der verletzte Reiter ist, er wird von ihr behandelt werden. Renata steht ihr auch zur Seite, das ist klar.

Zwischenzeitlich befindet sich die kleine Gruppe unterhalb der Burg, man erkennt auf dem dritten Pferd eine Gestalt in schwarzer Kleidung. Äußerst merkwürdig! Unheimlich!

Nun kommt auch die Gruppe mit den neun Wilden aus dem Nachbardorf herangeprescht und reiht sich ordentlich hinter Georg, Orlando und den Mann im schwarzen Gewand. Kreidebleich wegen der fürchterlichen Angst um die beiden Männer und trotzdem glücklich, stehen Francesca und Renata im Burghof.

Orlando und Georg schauen ihre Liebsten an und Georg ruft ihnen zu:»Meine lieben Damen, wir haben uns leider ein bisschen verspätet. Überraschen wollten wir euch zwei mit einer Blitzheirat. Und es dauerte etwas länger als erwartet, bis wir einen Pfarrer gefunden haben, der den Mut hatte, auf ein Pferd zu steigen!«

Auf der Burg Colmberg im Sommer 2023

Franziska schlägt langsam die Augen auf. Der Arzt und ihre Freundin haben eine volle Stunde an ihrem Bett auf der Burg gewacht. Mit besorgten Mienen schauen sie Franziska an.

Im Schlaf hat sie immerzu gestöhnt und gejammert, Tränen liefen ihr über das Gesicht.

Nun lächelt sie die beiden wie verzaubert an und erhebt sich langsam, wie in Zeitlupe. Auf die Frage, wie es ihr geht, antwortet sie, es gehe ihr ganz gut.

Sie schaut sich um. Plötzlich kommt Leben in die zierliche Frau. »Ich muss dringend an die hintere Burgmauer gehen, kannst du mich bitte begleiten?«

Maria versteht nicht, was die Freundin dort möchte. »An die hintere Burgmauer? Was willst du denn da? Du kennst dich hier überhaupt nicht aus!«

»Komm mit mir, bitte.« Gemeinsam verlassen die beiden Frauen das Burgzimmer und verabschieden sich dankbar von dem Arzt, der alles mit einem Kopfschütteln quittiert.

Über die geschwungene Holztreppe laufen sie hinunter in den Burghof. Gänsehaut überkommt Franziska auf der Treppe.

Die beiden überraschten italienischen Freunde wollen ihnen folgen, doch Maria gibt ein Zeichen, dass sie gleich wieder zurückkommen werden. Mit schnellen Schritten läuft Franziska durch das Burgtor voraus und schaut über die Brüstung des ehemaligen Wächterhauses.

In der Mauer aus Sandstein befindet sich ein mit spitzem, hartem Werkzeug eingeritztes Herz. Noch immer fein säuberlich zu erkennen, wie eine Gravur, stehen zwei Namen und zwei Wörter in der Mitte. Schnell zieht Franziska ihr Handy aus der Tasche und fotografiert den Stein.

»Was machst du denn da? Was ist los mit dir? Sag doch endlich was!«, stöhnt Maria ein wenig genervt, die ihre Freundin überhaupt nicht mehr versteht.

Doch Franziska zieht das soeben gemachte Foto auf dem Display groß und starrt es lange an.

»Ich kann das alles nicht glauben, aber es ist wirklich wahr«, murmelt sie. Auf dem Foto von der Mauer sieht man ganz deutlich ein eingeritztes Herz mit der Inschrift

Francesca und Georg
in Liebe

Franziska atmet tief durch, wischt sich die Tränen ab, und hakt ihre Freundin unter. »Komm mit, wir gehen jetzt zu unseren Freunden, essen zusammen gemütlich ein Stück Kuchen und trinken eine Tasse Kaffee. Dann fahren wir weiter nach Nürnberg.

Die junge Frau wirkt plötzlich gut erholt, von dem Zusammenbruch ist nichts mehr zu spüren. Fröhlich nimmt sie am Tisch der Freunde im Burghof Platz.

Claudio springt sofort auf. »Meine Liebe, geht es dir wieder gut? Wir haben uns große Sorgen gemacht. Was ist passiert?«

Der Italiener runzelt die Stirn, er wirkt noch immer sehr besorgt.

Franziska lächelt geheimnisvoll, umarmt ihn kurz und kündigt an: »Das erzähle ich euch ein anderes Mal.«

Epilog

Bis auf die Person Friedrichs II. sind alle im Roman vorkommenden Figuren und die Handlung frei erfunden. Im Zeitraum 1219–1220 fanden die Reisen Friedrichs II. und seiner Ritter tatsächlich statt.

Mein ganz herzlicher Dank gilt der Historikerin, Frau Dr. Cornelia Kirchner-Feyerabend, die mich mit Literatur über das Mittelalter versorgt hat.

Dem freundlichen Ritter Stefan Reinhard danke ich für die Unterstützung bei der Kleiderfrage der Ritter.

Meinen Testleserinnen Ulrike und Franziska Leitl danke ich für ihre Mitarbeit.

Literatur:
Das Leben im Mittelalter von Robert Fossier, PIPER-Verlag, 4. Edition.

Ebenfalls bei TRIGA – Der Verlag erschienen

Christine Leitl

Der Duft der Toskana

Roman – Band 1

2. Auflage 2019

228 Seiten · 14,00 Euro · ISBN 978-3-95828-206-3

Christine Leitl

Die Früchte der Toskana

Roman – Band 2

1. Auflage 2019

234 Seiten · 14,00 Euro · ISBN 978-3-95828-200-1

Christine Leitl

Warum dieser Traum?

Roman

1. Auflage 2020

224 Seiten · 15,00 Euro · ISBN 978-3-95828-244-5

Christine Leitl

Nimm mich einmal in den Arm

Roman

1. Auflage 2022

226 Seiten · 13,00 Euro · ISBN 978-3-95828-322-0

Christine Leitl / Lutz Brambach

Philipp & Clemens – eine außergewöhnliche Freundschaft

1. Auflage 2021

138 Seiten · 14,00 Euro · ISBN 978-3-95828-265-0

Christine Leitl / Selma Schmidt / Franziska Leitl

Komm auf meine Burg

Leben auf der Burg Colmberg

1. Auflage 2020

138 Seiten · 10,90 Euro · ISBN 978-3-95828-236-0

Christine Leitl / Norina Eberl

Huch, ein Ei

Zwei Schimpansen finden ein geheimnisvolles Ei

1. Auflage 2022

66 Seiten · 10,00 Euro · ISBN 978-3-95828-323-7

TRIGA – Der Verlag
Leipziger Straße 2 · 63571 Gelnhausen-Roth
Tel.: 06051/53000 · Fax: 06051/53037
E-Mail: triga@triga-der-verlag.de · www.triga-der-verlag.de